母親がエロラノベ大賞受賞して人生詰んだ
2
せめて息子のラブコメに妹までまぜないでください
「もしかして、お母さんに見惚れちゃった？」
霜《しも》村《むら》美《み》礼《れい》
二児の母親とは思えない美魔女。息子と娘をこよなく愛する。
Hahaoya ga ero-ranobe taisyou jyusyou site jinnsei tsunnda

「ど、どう…………？
霜村」
瀧《たき》上《がみ》凜《りん》夏《か》
主人公・春馬のクラスメイトで同期デビュー作家。

「に、兄様……次はわたしですっ……」
「うふふ、どうかな、ハルくん？」
霜《しも》村《むら》
美《み》悠《ゆ》羽《は》
春馬の妹。中学生ながらエロイラストレーターとして活動する。

「お二人は何やってんですかぁ♡
も・し・か・し・て、
デートだったりしてぇ♡」
貝《かい》塚《づか》レ《れ》ー《ー》ニ《に》ャ《ゃ》
美悠羽と同学年の天才マンガ家。
イラストだけでなくストーリーも描
ける小悪魔系JCメスガキ。

「し、霜村っ！
鼻の下伸ばしてんじゃないわよ！」

「えーいっ」
美礼がスイングするたび、
胸元の二つの爆乳が大きく暴れ回り――
ラリーが続けば続くほどに
美礼の浴衣は乱れていく。
ちくしょう、
温泉卓球って女のほうが有利じゃねえか⁉

母親がエロラノベ大賞受賞して人生詰んだ2　せめて息子のラブコメに妹までまぜないでください

Contents

責了

母親がエロラノベ大賞受賞して人生詰んだ2
せめて息子のラブコメに妹までまぜないでください

夏色青空

ファンタジア文庫

3096

口絵・本文イラスト　米白粕

母親がエロラノベ大賞受賞して人生詰んだ
2
せめて息子のラブコメに妹までまぜないでください
Hahaoya ga ero-ranob
jyusyou site jinnsei tsunnda

前戯（※プロローグ）

「兄様は童貞であることに誇りを持っているんですっ。バカにしないでください！」

いきなり何を言い出すんだ妹よ——。

俺が絶句してしまうのも無理はないだろう。内容も内容ながら、何より大勢の人々が控える公然の場であったのだから。

２０２１年上半期：美少女作品アワード。

多くの出版社やラノベ作家協会も主催者に名を連ねるそれは、今年の六月末までに販売が開始された優れた萌《も》え系作品や、その制作者を讃《たた》えるものだ。

年末年始には下半期と合わせて年間最優秀賞なども決められ、業界一格式高いコンペティションとして知られている。

しかし今、その上半期の授賞式会場にて、二人の人物が険悪な雰囲気に陥っていた。

一人は、悔しそうに歯がみしている、中学生くらいの美しい少女。

霜村美悠羽《しもむらみゆは》。

俺の妹だ。

平凡な俺とは違い、美悠羽は先祖たちの優れたパーツだけを抽出して組み合わせたような、もの凄《すご》い美少女として成長している。美しい銀髪、整った顔立ち、すらりと細い体つき。そして、長年お嬢様学校に通ったことで培《つちか》われた優雅な所作は、まさに未来の淑女を彷彿《ほうふつ》とさせる。それは兄のひいき目ではなく、誰の目にも明らかだろう。

ところが——。

そんなお嬢様然とした淑《しと》やかな妹が、今はただ怒りにぷるぷる震えるのみ。

原因は明々白々。

「ざーこ♡　ざーこ♡　ざこ童貞♡」

目の前にいる、生意気そうな同年代の少女が、美悠羽の導火線に火をつけたのだ。

「女と付き合ったこともないヘタレ兄貴を、なっさけねえクソザコ童貞っつって何が悪いんだよ♡」

ロリ系ボイスに、小学生のように小柄な体格。

北欧系ハーフを思わせる日本人離れした美貌を持つ、ローティーンの幼い少女。

その可愛《かわい》らしい口から紡《つむ》ぎ出されるのは、しかし相手を煽《あお》り尽くす嗜虐《しぎゃく》的な言葉の数々だった。

自分が煽られたわけではない美悠羽だが、まさに怒り心頭に発したといった感じで怒髪天を衝《つ》き、目尻をつり上げた。

「兄様は情けなくなんかありませんっ」

妹は振り払うようにそう叫び、小さい拳を握りしめて肩を震わせる。

「いつも優しくて、とっても頼りになって……そんなお兄ちゃんが、わたしは大好きで……！」

おい美悠羽、仮面が外れかかってるぞ⁉

兄様と呼んでいたのが、お兄ちゃんになっている。

霜村美悠羽はどこに出しても恥ずかしくない立派な淑女の卵——というのは、そう、後天的な教育の成果だ。元々はごく普通の庶民的な性格で、有名私立に通ったことでお嬢様の仮面を得るまでに至ったのだが。

そんな妹の鉄壁の仮面が外れかけ、素の顔が見えてしまっている。

相手のせいだ。引き続き嗜虐的な口調で煽り倒してくる。

「チー牛兄貴♡　子ども部屋おじさん♡　一生自立できないダメ人間♡」

少なくともおじさんじゃねえよ⁉　言いたいだけだろこいつ！

まるでネズミをいたぶる猫だ。その双眸《そうぼう》は三日月形の弓なりに歪《ゆが》み、ニヤけた口元からは生意気そうな八重歯が覗《のぞ》いている。

「ゆ、許せない……っ！　絶対に……っ！」

妹が俺以上に怒るものだから、俺は自分がバカにされているのに、怒るタイミングを逸してしまった。

いつも冷静沈着な美悠羽を、ここまで取り乱させるなんて。

俺は、謎のハーフ美少女のほうを見やった。

こいつ、いったい何者なんだ⁉

第一章『妹がエロイラスト大賞受賞して人生詰んだ』

『たーねーつけ！　たーねーつけ！』

会場は熱気に満たされていた。地鳴りのような種付けコール。春先の空気を震わせ、いずれもオタク気質な観客たちは腕を振ってヴァイブする——。

そう、忘れもしない。

忘れたくても、忘れられない。

……誰か忘れさせてくれ。

俺がラノベ業界最大手・第十一回オールジャンル小説新人賞で、エロラノベ部門の大賞受賞を告げられたのは、もう三ヶ月も前のことだった。

ペンネームは『種付けプレス』。

タイトルは『ギリシャ神話よりかくあれかし』。

息子と母親の情熱的かつ屈折した親子愛を巧みに描いたその作品は、審査員たちにも大受けし、ずっとプロ作家を目指していた高校生の俺は、ついに鮮烈デビューを飾ることになった……。

と、対外的には思われている。

だが、だが、だが、
でも、
でも、

──そうじゃないんだよぉ！

なんで俺が種付けプレスなんだよ！　違《ちげ》ぇから！　俺はそんなセクハラペンネームなんて使わねえよ！　どうして俺が種付けプレスなんて名乗らなきゃいけねえんだよ⁉

はいわかってます。母親が種付けプレスです。何言ってるかわからない？　俺だってわかりたくねえんだよ！　ふざけんな！

『では二年Ａ組、霜村春馬《しもむらはるま》くん──』

マイクで電子的に拡張された司会者の声が、天井の高い体育館に朗々と響き渡る。

『いえ、種付けプレス先生、どうぞ壇上にお上がりください』

その途端に、
うおおおおおおおおおおおおおお――っ‼

と生徒たちの歓声が上がる。

いやふざけんな。ぜってーよくわかってねえだろ。種付けプレスって何か本当に理解してる？　理解してたら『たーねーつけ！　たーねーつけ！』とかコール上げられねえから。それができるのはオタクのみで集まったときだけだから。

見ろ、体育館に勢揃《せいぞろ》いしている全校生徒の様子を。陽キャとかリア充が『とりあえずノリで盛り上がっとけ』みたいな感じでギャーギャー騒いでるだけだぞ。種付けプレスの本当の意味を理解しているオタク生徒を見てみろ、「……ぷくく、種付けプレスはねぇだろ……」と失笑してやがる。どっちの反応もイヤなんですけど！　わかる⁉　俺の気持ち⁉

『種付けプレスは我が校の誇りだ！　さあ恥ずかしがらずにステージに上がってきなさい！』

くそ校長（ハゲデブおっさん）が、ニコニコしながら手で招いてくる。

ステージ脇。司会進行役の生徒会の連中が無理やり押しだそうとするのを、俺は必死で抵抗してその場に留《とど》まろうとする。控え室に続くドアの枠にしがみついている。

「イヤだイヤだイヤだ……行きたくない、行きたくないぃ……」

「諦めたまえ霜村くん！　みんながキミの登場を待ってるぞ⁉」

「イヤだぁああああああっ！　聞いてくれ会長ぉおお！　俺はホントは種付けプレスじゃないんだよぉおお！　俺は種付けプレスで生まれてきたけど種付けプレスじゃないんだよぉおおお！　んあああああっ！」

「ワケわからん発狂をするな！　いいから行きたまえ！　――おいみんな、面倒だから、こいつ叩《たた》き出すぞ！」

『はい会長！』

「んぎゃあっ！　やめて！　痛い痛い！」

必死に抵抗する俺を、生徒会の連中がゲシゲシと蹴ってくる。

言い忘れたが、そう、今は全校集会の最中だ。

季節は梅雨。今日に限ってはカラッと晴れた清々《すがすが》しい朝だったが、俺の心は土砂降りだ。

種付けプレスのデビュー作『ギリ神』の発売日は、つい先日の休日のことだった。

あの日、想像を遥《はる》かに超える大反響ぶりに、ショップに買いに行った俺たちは圧倒された。まあ、そこまでは良かったかもしれない。

しかし。

俺たちは迂闊《うかつ》だった。かなり確率の低いことだったとは思うが、店頭で著者の身元バレが起きてしまったのだ（厳密にはバレてないけど）。

一緒に買いに行った母・美礼《みれい》による大声のセリフ、

『私たちの物語が、こんなにたくさんの人に読まれちゃってるぅ！』

そして『ギリ神』のイラストにある母親と息子のキャラデザ、それは現実の俺たちにそっくりで……。

『まさかの作者降臨か⁉』

その一言をきっかけに、ファンたちが殺到してきたのだ。

大騒ぎになり、それは店頭を越えて通路にまで波及。

ちょうどそこを通りかかったクラスメイトまでもが、知ることになった。

『ええっ、あいつの小説が売られてる⁉　なに霜村のやつ、作家になったの⁉　すげーじゃん！　どんな作品で⁉　ペンネームは何⁉』

SNS等で繫《つな》がりがある現代社会だ。その情報は学校関係者に瞬《また》く間《ま》に広がった。

人生詰んだ……。

いや、ホントにそこで終わっておけば良かったと思うんだよ。

普段は滅多に着信しないのに、休日から俺のスマホは鳴りっぱなしになり。

できるだけ無視して、週明け、気を重くしつつも学校にいったら。

「作家先生のおなぁりぃ～～～っ！」

「ははぁ～～～っ！」

なぜか時代劇風で迎えられ。

「キミ、今日の全校集会で表彰されるから」

といきなり生徒会長（黒髪ロング美人）に告げられ。

こういうことになったのだった。

『たーねーつけ！　たーねーつけ！』

いやおかしいだろ！　自分で流れ整理してみてもやっぱおかしいわ！　普通こうはならねえ！　こうはならねえよ！

しかし経緯はよくわからんが、事実は事実だ。

そう、全校種付け集会である。

今、俺はステージに上げられようとしており。

ステージの演台ではすでに、校長（くり返すがハゲデブおっさん）がスタンバっている。

『コホン……。では種付けくんがステージに出てくるまでに、校長である私がギリ神の名シーンを紹介しましょう。私が感動したのは、ずっと母親を手込めにしてきた主人公が、ついに母親の愛情に屈して母親の足をぺろぺろと舐《な》め出すところです』

全校生徒を前に、何言ってんだくそ校長！

『そのシーンを読んだとき、私は思わず童心へと返ってしまいました……おぎゃーっ！　おぎゃーっ！　ママぁ、おっぱいぃ！』

死んだほうがいいだろ校長！

「見ろ霜村くん！　あれが我が校のトップだぞ！　早く壇上から引きずり降ろせ！　それができるのはキミしかいない！」

「中間管理職も大変ですね、くそ会長！」

俺はようやく観念して、渋々ながらステージ上に姿を現すのだった。

途端に、うぉおおおおおおっ！　と歓声が上がり、種付けコールもいや増すのだった。

まるで人気のカリスマバンドでも登場したかのようだ。

くっそぉ……みんな他人事《ひとごと》だと思って、好き勝手しやがって。

だいたい俺、種付けプレスじゃねえから。代わりにやってるだけだから。

「よく来たね、種付けくん！」

校長が演台を躱《かわ》して前に出てきて、親しげに俺の肩をばしばし叩いてくる。

俺のほうは半眼のレイプ目だった。

「二年Ａ組霜村です。種付けプレスとか知りません。それより早く賞状ください。この場で破り捨てるんで」

「なるほど処女膜を破るようにか⁉」

「殺すぞおっさん⁉」

私も若い頃はなあ、と昔語りを始める校長に腹パンを決めて黙らせる。

悶絶《もんぜつ》したところを、その手から賞状を奪い取った。

Wooo、とアメリカみたいなリアクションが生徒たちから上がるが、スルーする。

「はいはい終わり終わり」

ウンザリしてステージ脇へ引き返す俺。

もうホント、さっさと終われよ、こんな騒動はさぁ。

はあ、と溜息《ためいき》をついて、ステージ脇に消えるが……。

まさかまたステージに戻りたくなるとは思ってもいなかった。

ふわり、といい匂いがする。安らぎを与えるフローラル系のアロマ。

俺も日常的に嗅いでいる匂いだった。

しかしそれも当然だろう。今、すれ違った人物。俺と入れ替わるようにしてステージに向かった女性は——。


『みんなー！　お母さんよぉーっ！』

うぉおおおおおおおおおおおおおおおお——っ！


何やってんだクソババア！

俺は自分の目を疑うばかりだった。ここ学校だぞ⁉

清楚《せいそ》かつ可憐《かれん》。おっとり系の柔らかく温かい雰囲気を持つ一方、スタイル抜群で手足の長いモデル体型。童顔で肌に艶や張りがあり、未《いま》だ女子大生くらいに見られる。妖怪じみた若々しさを保っている美魔女、ということになるのだろう。

しかし、それが誰あろう、うちの母親なのだった。

霜村美礼。それがあいつの名前だ。

でも、どうしてここに⁉

マイクを手にステージ上に躍り出た美礼は、全校生徒に手を振りながら校長のところにいく。途端に校長は演台の上に飛び乗って、だだっ子のように暴れ出した。

「おぎゃーっ！　おぎゃーっ！　ママぁ、おっぱいぃ！」

なんて悲惨な光景だ。

「あらあら、校長先生もストレスが溜《た》まっていたようね」

「そうなんでちゅ。学校では偉そうにしてるけど家では居場所がないんでちゅ。大人になんてなりたくなかったでちゅ。ずっと赤ちゃんでいたかったバブー」

校長ぉ……。なんだろうな、この気持ちは。微妙に可哀想《かわいそう》なのが余計にムカつくよ。二度と見たくねえ。校長が自分の親指をしゃぶってる光景とか二度と見たくねえ。

「あらあら可哀想にね。でも、それならお母さんが元気になるおまじないをしてあげるわね。このおまじないを受けたら、きっとあなたも今日一日頑張れると思うわ」

「おねがいママー」（※校長）

「はい、今日もあなたは頑張れる♪　マケルナピッピ♪　マケルナピッピ♪　だいじょうび～っ！」

「うぅ～！　勇気ひゃくばいっ！　ありがとう、ママ！」（※校長）

「う～ん良かった良かった！」

知らねえけど一件落着したらしい。なんだこれ。

教育番組みたいな感じがしたから、美礼のあれはその受け売りかなんかだろう。どうでもいいというか、二度とやるなマジで。

「てかマジで、なんでいるんだよ、あいつ⁉　何しに来たんだ⁉　――会長、あんたの差し金か⁉」

「差し金なんて言い方は心外だな」

会長は肩を竦《すく》めて、

「今朝の始業前会議で、校長がどうしても『ギリ神』のモデルとなった女性に会いたいというから、急遽《きゅうきょ》電話で連絡を取ってみたんだ。たぶん、キミがすでに家を出たあとだろう」

くそ校長、余計なことを！

「てかあいつも断れよ！」

「いや、お母さんもちょうど学校にくる用事があったのだ。そのついでということで快く了承していただけた」

「母さんが学校にくる用事⁉　それって――」

『ハルく～ん、お弁当忘れてたわよ～！　生徒会の皆さんにお渡ししてあるから、ちゃんと受け取ってね～！』

「い～っ⁉」

ステージ上からいちいちマイクを使って言ってくる美礼。

確かに俺は今日、気もそぞろで家を出たから、弁当を鞄《かばん》に入れた記憶がないが……。

案の定、全校生徒からくすくすと笑われてしまっている。俺は羞恥心で顔が真っ赤だ。

「いいお母さんじゃないか。ふふっ」

「笑いながら言ってんじゃねえよ、くそ会長！」

俺は口角泡を飛ばしながら叫ぶが、クールビューティで評判の会長は取り合わない。

「副会長、進行を！」

「はいっ」

会長の指示で、副会長の女子が、手に持つマイクを口元に上げた。

『全校生徒の皆さん、今壇上に上がった女性は、なんと霜村春馬くんのお母さん、つまりギリ神のモデルになった女性であり、種付けプレスの産みの親なんです！』

いや違います。種付けプレス本人です。ギリ神書いたのもそいつだよ。

俺はその代行をしてるに過ぎないんだって。

なぜ母親の代わりにエロラノベ作家のふりをしているかって？

少しでもプロの世界に触れて、俺も作家としての腕を磨きたいからだよ。いつか俺だって自分の力で受賞して、商業デビューしてみせるんだ。

そして……好きな女子に、告白するんだよ……！

俺が拳を握りしめ、唇を噛《か》んでいる一方で。

副会長の進行は続いていた。

『お母さんは本日、特別ゲストとしてサプライズ登場してくれました！　そして短い時間ですが、スピーチしていただけることに！』

おいやめろ。

おおおおおおっ、と生徒たちは盛り上がっているが、嫌な予感しかしねえ。

『全校生徒の皆さん、ご静聴お願いします。現役高校生作家の母親であり、そして今話題沸騰中のライトノベルのモデルとなっている女性の、ナマスピーチ、滅多に聞けるものではありませんよ。──では、お母さん、お願いします』

「はいっ」

美礼はちょっと緊張した様子ながら、演台に回り込む。おぎゃっていた校長はすでにそこからどいていた。

「待て、やめろっ、嫌な予感しかしねえんだよぉ！」

止めにいこうとする俺を、生徒会の連中が羽交い締めにして引き留めて来やがる。

「落ち着きたまえ霜村くん！　これも生徒たちのためだ！　こんな機会は本当に滅多にないんだからな！」

「放せぇ！　そんなまともなスピーチになるわけねえだろうがぁ！　あいつを誰だと思ってやがる⁉　美礼だぞ⁉　うちの母親だぞ⁉　普通のスピーチなんてするワケねえだろうが！　んあああああああっ！」

しかし俺の訴えは無視され、

壇上ではついに美礼が原稿を手に、マイクに向かって語り出した。

『聞いてください――「お母さんがハルくんをどれだけ愛しているか」』

ほら見ろぉおおおおおおっ！

ステージ脇で俺が発狂して暴れ、それを生徒会の連中が必死に押さえ込む一方で。

美礼はじつに気持ちよさそうに、時には恥ずかしそうに照れて。

っっ
やめろぉぉぉ
春

朗々と息子への愛を語り尽くすのだった。

そう、全校生徒、すべての教職員に向かって……。

やはり、俺の人生は詰んでいた。

◇　◇　◇

放課後。

ダッシュで帰ろうとする俺の前を、たくさんの生徒たちが立ちふさがった。

「霜村くんサインちょうだい！」「お母さんのどこが好き？」「たーねーつけ！　たーねーつけ！」「新聞部ですインタビューさせてください！」「合コンいこうぜ種付けプレス！」

「今どんな気持ち？　ねえどんな気持ち？」

ああああああああっ！　鬱陶《うっとう》しいぃいいいいいいいっ！

まるで報道陣に囲まれた有名人だ。どんどん教室の端にまで追い詰められ、完全に包囲されてしまう。

どうにかみんなの注意を逸《そ》らせないかと思っていると、特徴的な赤髪の女子が目に入った。

「凜夏《りんか》！　お前も受賞者だろ！」

「ちょっ⁉　何言ってんのよ！」

ギクッとしたクラスメイトの女子。彼女はただの生徒じゃない。

入学当初からモテまくり、学校一の美少女とも讃《たた》えられる女子だ。目を惹《ひ》く美しい赤髪。高校生離れした抜群のプロポーション。可愛《かわい》らしく整った顔立ちは、モテすぎてハブられてしまったほどで。高二となった今でも、隠れたファンは多いらしい。

瀧上《たきがみ》凜夏。それが彼女の名前だ。

だが凜夏が美しいだけの女子生徒ではないことを、俺は知っていた。

「みんな聞いてくれ！　種付けプレスの同期受賞者、カリン先生ってのは凜夏のことだぞ！　あいつも現役高校生のプロ作家なんだ！」

そう、第十一回オールジャンル小説新人賞・ファンタジー部門大賞『星屑《ほしくず》の朽ちる先で会いましょう』……機械と魔法が融合した世界で、人間の少女とロボットの少年が活躍するファンタジー恋愛もの。ラストは親子愛で締めくくられる傑作だ。

つい先日、種付けプレスと一緒に華々しいデビューを飾った、新進気鋭のラノベ作家・カリン先生。

その正体が凜夏であることを、俺は授賞式で鉢合わせして知ったのだった。

そして彼女は……。

俺が本当にプロ作家デビューしたら、告白するって決めてる相手なんだ……！

「ばっ、巻き込まないでよっ！」

凜夏は焦《あせ》った顔をするが、悪い、助けてくれ！　俺もう限界なんだよ！

クラスメイトたちがぐるっと首を回して、凜夏を見た。

「本当なの⁉」

「瀧上さんもプロ作家だったんだ⁉」

「いやその、あのっ……」

生徒たちが詰め寄り始めるが、凜夏はふいっと目を逸らした。

「……違うヨ。作家じゃないヨ」

「凜夏てめえ⁉　俺を見捨てるつもりか⁉　——みんな騙《だま》されんなよ！　凜夏もプロ作家だぞ！」

だがクラスメイトたちは、俺の話なんて信じてくれなかった。

「なーんだ、ビックリしちゃった」

「考えてみれば、同じクラスから二人も同時にプロ作家が出るわけねえもんな」

その指摘は正しくて、このクラスに本物のプロ作家は一人しかいないんだ。でもそれは俺じゃねえ！　凛夏のほうなんだよ！　俺はただ作家のふりしてる詐欺師だから！

「ってわけで霜村くんサインサイン！」「新聞部です独占取材をぜひ！」「たーねーつけ！　たーねーつけ！」

「ああもお、わかったから！　一列に並べ！　今だけな！」

ひゃっほう、と生徒たちが列を作り始める。こういうときには統率が取れるのが、何とも日本人らしいんだけどさあ。

「……あ、あたしもサインほしいな……けど、どうしよ……にわかファンみたいに思われるのもヤダし……し、霜村の一番のファンは、あたしなんだから……！　でも、勇気が……！　ああっ、悩んでるうちにどんどん列が長くなって……！」

凛夏のやつまで列に並ぼうか迷ってるようだ。いやお前はおかしくね？　まあ、俺もカリン先生のサインちょっとほしいから、あとでサイン本交換とかしてみるのもいいかな……ふ、二人きりで、な……。でもさっき俺を見捨てた件は絶対いじってやるけどな。

凛夏と交流を深める口実を考えつつ、俺はクラスメイトたちのノートや生徒手帳に、サインを書いていく。

種付けプレス、種付けプレス、種付けプレス、種付けプレス、種付けプレス、種付けプレス、種付けプレス、種付けプレス、種付けプレス、種付けプレス、種付けプレス、種付けプレス、種付けプレス、種付けプレス、種付けプレス……。

悪夢だった。

しばらくまともに眠れそうにない。

「サインありがとーっ！」

「どういたしまして……」

罪悪感が半端《はんぱ》ない。そのサイン偽物《にせもの》だぞ——そう言いたい。俺は今、たくさんの同級生たちを騙している。確実に地獄落ちだった。

そのとき、バアンと教室の扉が勢いよく開いた。気が強そうな一人の女子生徒が姿を見せる。

「風紀委員の者だ！　何を騒いでいる！」

彼女は黒髪のロングポニーテールが印象的な、剣道部のサムライガール、だったか。別に親しくもないからよく知らないが。美人だが校則に厳しいお堅いやつ、くらいの印象だ。

教室でワイワイしていたのが、どうやら問題視されたらしい。

「放課後とはいえ、秩序の乱れは許さん！　用が済んだ生徒は早々に帰るがいい！」

しかし助かった。おかげでこの混沌《こんとん》が整理され――。

「騒ぎの中心はやはり貴様か、霜村春馬⁉」

げっ、目が合っちまった……。

風紀委員女子が目尻をつり上げて睨《にら》みつけてくる。よほど興奮しているのか、頬が赤くなっていた。

「まったく貴様は！　た、種付けプレスなどという、破廉恥なペンネームを使いおって！　それでプロ作家デビューだと⁉　頭がおかしいのではないか⁉」

「ありがとう！　あんたこそ俺の理解者だ！」

俺は感動して握手を求めた。ようやく心が通じ合った相手が現れたと思ったのだ。しかし風紀委員の彼女は「なぜ感謝されたのだ⁉」と当惑した。

それにしても、こんなお堅いやつが種付けプレスの意味を知っていたのか。知ったときはきっと顔を真っ赤にして怒ったんだろうな。

しかし彼女は不審にも「……」と微妙な顔で数秒ほど固まると、こっそり耳打ちしてきた。

「す、すまないが霜村春馬……私にもサインをくれないか？」

「結局お前もほしいのかよ⁉」

お堅い風紀委員のくせに、流行に弱《よえ》えんだな！　こいつ、さては騒ぎを収めに来たんじゃなくて、最初からサイン目的で来やがったな⁉

「わっ、バカモノ！　大声で言うなっ！」

風紀委員女子はあくまでもこそこそと、耳打ちで言ってくる。

「おへその下、下腹部の子宮がある辺りにサインしてくれないか、『種付け完了！』って……」

「次」

俺は冷めたジト目になってサイン会を再開する。

しかし風紀委員女子はしつこく耳打ちを続けてきた。

「大丈夫バレなきゃいいから。むしろバレるかバレないかのギリギリが凄《すご》く興奮するのだ」

「おまえ風紀委員やめろ」

あぶり出された変態女子、手の甲にでも俺はテキトーにサインして処理する。

「あ、今手が触れ合ったな……妊娠したかも」

「次ぃ‼」

女子とはいえ蹴り飛ばす。しかしその風紀委員は「こ、この私がここまで乱暴にされるとは……ハアハア」と無敵状態で、よろよろと教室から出ていく。

なんだったんだよ、あいつ……。

で、次は？

「はぁーい、新聞部の者です！　軽く取材お願いしまーす」

元気っ娘、という感じの女子だ。おさげは可愛いが、この子《こ》もよく知らない。

「取材はお断りだ。理由は面倒だから。インタビュー？　イヤだよ余計なこと喋《しゃべ》ったりするかもしれねえし。守秘義務とかあんだよ守秘義務」

俺はあくまでも種付けプレスの代行者だ。そのことは家族以外には秘密にしてある。出版社の担当編集にも隠しているくらいだ。こんなところでポロッと洩《も》らすようなリスクは避けたい。

「えーっ、取材NGなの？　なんとかならない？」

「出版社からの仕事ならまだしも、学校じゃあな。そっとしておいてくれよ」

「おっぱい触らせてあげるよ？」

「えっ」

新聞部女子は、霜村くんにならいいかな、みたいな、はにかんだ笑みを浮かべている。

え、うそ、えっ。

「グラついてんじゃないわよ霜村！　今ちょっと考えたでしょ！」

列の後ろから凜夏が猛然と怒鳴ってくる。

いやグラついてなんかないよ、考えてもないよ。マジマジ。

「ハニトラとか無駄だからな。俺超硬派な男なんで」

「わたしEカップなんだー」

「えっ、意外と？　着やせするタイプ？」

「だから食いついてんじゃないわよ霜村ァ！」

凜夏にさらに勢いよく怒鳴られて我に返る。

ふーっ、危ねえな。思わず食いついちまった。童貞にはなかなかの誘惑だったぜ。

「……霜村のバカ、すぐ鼻の下伸ばしちゃってさ……！　む、胸なら、あたしだって大きいんだから……！　し、霜村が、さわ、触りたいっていうなら、ど、どうしてもって、いうならっ……あたしだって、さ、ささ、触らせてあげても……！　って何考えてんのよあたしはぁ！」

列の後ろのほうで、凛夏が何やらヘッドバンキングしている。……たまにそうなるけど、今回はどうしたんだよ、あいつ。

ともかく、色気でつられるなんて俺もまだまだだな。

「悪いな新聞部の人。取材はなし。サインくらいはしてやるから」

「うーん……サインだけじゃさすがに先輩から怒られるかも」

しゅん、と可哀想《かわいそう》な感じになる新聞部女子。

「そうだ、写真だけいい？　どうせ校内では知れ渡ってるから、顔出しくらいはもういいよね？」

「まー、そうだな」

ここで写真拒否しても無意味だろう。盗撮とかいくらでもできるだろうし、学校行事の写真にも写ってるだろうしな。

「公開は校内限定、ってことなら許可するか」

「わーい！　ありがとう霜村くん」

やった♪　と可愛《かわい》らしくガッツポーズする新聞部女子。あぁ……凛夏の他にもこんな可愛い女子がうちの学校にいたのか……。おっぱい触らせてくれるっていうし……。

「鼻の下伸ばしてんじゃないわよ霜村ァ‼」

「ハッ⁉」

いかんいかん、俺は凜夏一筋なんだ。他の女子に目移りするなんて、自分が恥ずかしいぜ……。

にしても、やっぱ、プロ作家ってモテるんだな。みんなからちやほやされてさ。俺も早く自分の力でデビューしてえよ。

「じゃあ写真どうぞ。新聞部だけな。おい普通の生徒まで撮ろうとしてんじゃねえ。スマホ仕舞えスマホ」

しかし誰も聞いてくれずバリバリシャッター切られてる。

「うーん……霜村くん、なんかポーズ取れない？　普通すぎてちょっと絵にならないかも」

新聞部女子に言われ、「ポーズ？」と小首を傾《かし》げる。そんなこと言われても。

「じゃあこんなんでどうだ？」

著者近影で見たことがあるポーズを取ってみる。顎に手を当ててキリッと。

「うわ、芥川《あくたがわ》じゃん。さすがに厚かましくない？」

「どうすりゃいいんだよ⁉」

「まあこんなんでいっか」

新聞部女子はむしろ俺の隣に並び、自撮り風にスマホを構える。

え、あれ、ちょっと待って、肩当たってるんですけど。

これ取材の写真っていうか、もっと親しい関係の、恋人たちの自撮りじゃ……。

「はいチーズ！」

「お、おう……」

パシャリ、とシャッターが切られる。

「……えへへ、霜村くんとのツーショット、ずっと欲しかったんだ……勇気出して話しかけて良かった……。ありがとね、霜村くん！　これ、わたしの連絡先！」

「あ、ああ」

メモ紙を渡してきて、きゃーと黄色い声を上げて、新聞部女子はらんらんと嬉《うれ》しそうに教室から去っていく。

いや、え？　ちょっと待って。

今の、うそ、まさか、えっ？　本気で俺のことを⁉

「――ハッ⁉」

殺気を感じて振り向く。

ゾワゾワっとするドス黒いオーラを発する凜夏がそこにいた。

「……ツーショット許しちゃうなんて、霜村のバカ……！　あ、あたしだって、ずっと欲しかったのに……！　どうして、あたしとは撮らなくて、そんな、ぽっと出の子とは撮っちゃうのよ……！　絶対許さないんだから……！」

ぶつぶつ言いながら、めちゃくちゃ睨んでくる。怖《こえ》え！

「霜村！　あとで話があるから！　校門前で待ってるから早く来なさいよね！」

ぷんすか、と鼻息荒く、凛夏は自分の鞄《かばん》を持って教室から出ていく。

放課後に凛夏から急な呼び出し……。またアリメイトを案内とか、そんなんか？

それとも……。

気になるが、しかし、

「霜村サインサイン！」

「あとが閊《つか》えてんだぜ！」

くっ、さっきより人が増えてきてねえか⁉

早く凛夏のところに行きてえのに。

俺は全力でサインを書きまくり、列を捌《さば》いていくのだった。

種付けプレス、種付けプレス、種付けプレス、種付けプレス、種付けプレス……。

「悪《わり》ぃ、待たせたな、凜夏」

「シーンの切り替え方が……ううん、やっぱりなんでもない」

ようやく教室から抜け出して、急いで校門へ向かった俺。自転車通学なので、駐輪場を経由した。凜夏は創作のことを考えていたのか、よくわからない独り言を呟《つぶや》いていた。

「それで、話ってのはなんだ」

夏だからまだ明るいが、下校ラッシュを過ぎた校門は閑散としている。

俺が話を切り出すと、凜夏は急に顔を赤くして、もじもじし始めた。

「……じ、じつは霜村に言っておかなくちゃいけないことがあって……」

「えっ、どうしたんだ、改まって……」

てか、なんだこの甘い雰囲気。

もしかしてこれって、告白……とかじゃないよな⁉　まさか！

「あのね、霜村……」

「お、おう」

ごくり、と俺は息を呑《の》んだ。

凜夏とはもう一年以上の付き合いだ。入学当初モテまくって逆にハブられてしまった凜夏。そんな彼女の話し相手に俺は積極的になろうとして、ラノベを通じて仲良くなれた。ツンツンしてくることは未《いま》だに多いし、図書館以外で会話することも未だに少ないが、同期受賞者（ホントは違うけど）になったことで、俺たちの距離はここ最近でぐっと近づいたと思う。

何を言い出す気だ、凛夏のやつ！

「だから、あの、ちゃんと聞いてよね！」

「わ、わかってる。何なんだよ⁉」

あんたの気持ちには気づいてるけど、その想《おも》いには応えられないの……なんて言われたら、死ぬぞ俺。

あんたの気持ちには気づいてて、あたしもあんたのこと好きだったの……なんて言われたら、嬉しさで死ぬぞ俺。

「じつはね！　あたし！」

「おう⁉」

「――次回作は、ラブコメにしようと思ってるのよね！」

「……おう」

「なんでテンション下がったのよ!?」

「いや、いいんじゃないの。頑張れば？」

「テキトーに流してんじゃないわよ！　……せっかく勇気出して言ったのに！」

「なんでそんなことに勇気がいるんだ？」

「聞こえてんじゃないわよ!?　あんた最近、耳よくなってない!?」

いや元から悪くねえよ。聴力検査とか引っかかったことねえからな。難聴系主人公の気が知れねえぜ。

ともかく自転車に跨《また》がる俺。

「じゃあ、新作頑張れよ。また明日な」

俺は新作どうすっかなー、とローテンションで思考が切り替わっていたのだが、

「――待ちなさいよバカ！」

こぎ出した自転車の荷台を、凜夏が摑《つか》んで引き留めやがった。

「何すんだよ!?」

「話はこれからよ！　いいから自転車降りて！　ほら今すぐ！」

マジで何なんだよ。

俺は自転車のスタンドを立てて、むすっとした凜夏に向き直った。

「で？」

「あたし、次、現代ラブコメ」

「聞いたよ。それで？」

「あんた、取材に、協力しなさい！」

「ええっ」

って、驚くほどのことでもないか。凜夏のほうも「何よ」と言ってくる。

「この前はあんたの取材を手伝ってあげたでしょ。今度はあたしに手を貸してくれてもいいんじゃないの？」

そのとおりだ。俺は頷《うなず》くしかない。

凜夏の言う俺の取材とは、先輩作家・千里《せんり》えびでんすとの勝負にまつわることだろう。

俺は家族『愛』を描いた作品で、そして千里は家族『崩壊』を描いた作品でぶつかり合った。

結果は、どうにか俺の勝利となった。ただしそれは、実際の家族・霜村家が総力を結集して立ち向かったからだ。俺だけの力では、到底千里には及ばなかっただろう。

凜夏も力を貸してくれた一人だ。結果的にはほとんど勝利に貢献しなかったが、俺も感謝はしている。

「だから、今度はあたしの次回作のために協力しなさいよね！」

「でもお前受賞者じゃないんだろ」

俺は先ほどの教室でのことをほじくり返した。

「わ、悪かったわよ！　でもあれは、認めちゃったあんたの自業自得《じごうじとく》でしょ」

確かに俺も迂闊《うかつ》だったと思う。頭から否定しまくれば、まだなんとかなったのかもしれないが、周りの勢いに負けてしまった。

「ってより、どうしてあたしまで道連れにしようとしたのよ！　卑怯《ひきょう》じゃない⁉」

「ふははっ、死なばもろともだ！　俺の人生が詰むときは全員死ね！」

「面倒くさいラスボスみたいなこと言ってんじゃないわよ！　……まあ、死ぬまで一緒ってのは嬉しいけどさ……」

「何が嬉しいって？」

「わっ、バカっ、だから聞こえてんじゃないわよ！」

凛夏は涙目で、顔を真っ赤にして怒鳴ってくる。

未だに凛夏のこういうところがよくわからないんだよなー。

「で、なんの話だっけ？」

「だから、あたしの次回作の話！　現代ラブコメにするから、取材に付き合ってよ」

「まあいいけどさ」

俺は頬をぽりぽりと掻《か》いて、

「でも俺、現代ラブコメとか自信ねえよ。あんまり経験ねえし」

こういう話は前にもしたと思うんだが。そうそう、確か三ヶ月前の授賞式の直後に、童貞のくせにエロラノベを書いてるのは今後に差し障《さわ》りがあるから、なんとかしようみたいな？　だけど、いろいろあってその話は流れてしまったんだよな。

あれは俺のためのラブコメ取材の話だったけど、今度は凜夏のためか。自信ねえなぁ。

「なんでよ？　ギリ神がこんだけ大ブレークしてるのに。なんかアドバイスできることあるんじゃないの？」

「そ、それはっ！」

俺が代行であることは凜夏にも秘密なのだ。失言してしまったので、言い訳を探して脳内を高速検索する。

「そう、ギリ神は特殊っていうか！　近親相姦《そうかん》かつ陵辱ものっていうか！　ともかく邪道のエロラノベだからさ！　王道の現代ラブコメの参考にはならねえんだよ！　俺は普通の恋愛経験ってあんまりねえから！」

った。

「ふーん？」

凜夏は小首を傾《かし》げるが、実際ギリ神は普通からかけ離れているため納得はできるはずだった。

「普通の恋愛経験ね……。あんまりってより、あんた一回でも経験あんの？」

「喧嘩《けんか》売ってんのかてめえ⁉」

あっそういう意味じゃなくて、と凜夏は慌てて手を振った。

「霜村ってさ、これまでに付き合った女子とかいるのかなー、って……（チラチラ）」

「……いねえけど（怒）」

「っし（ガッツポーズ）」

「やっぱバカにしてんだろ⁉」

してないしてない、と凜夏は慌てて手を振る。

じゃあどういうことなんだよ。

「ちなみに凜夏は誰かと付き合ったことあるのか（笑）」

「ないわよ（怒）」

「知ってますーっ。以前にも聞きましたーっ（笑）」

「殴るわよあんた⁉」

あの二人仲いいよねー、と通りすがりの女子生徒たちから笑われてしまう。

そう、ここは校門で、生徒たちが下校していくのだ。

「夫婦《めおと》漫才ってやつ？」

「ねー」

くすくす、と笑われてしまう。

「……！」

俺は目を逸《そ》らして熱くなった顔をそむけた。凜夏のほうも同じような様子だ。

ひょ、ひょっとして俺たちって、周囲からはお似合いだって思われてるんだろうか
……！

ところが凜夏は、キッと睨《にら》みつけてくる。

「か、勘違いしないでよね！　あんたとは作家の仕事の関係で、仕方なく話してあげてるだけなんだから！」

「へいへい、わかってるよ」

はっきり言って、超絶美少女の凜夏は俺なんかじゃ到底釣り合わない、雲の上の存在だ。

本来だったら会話すら許されない相手なんだ。

それでも狙い続けてる俺って、ちょっと痛々しいよな。でも、諦めねえよ。プロ作家に

なって、凜夏に相応《ふさわ》しい男になって、きっと振り向かせてみせる。

覚悟を新たにする俺だったが、凜夏はまだ何か言っていた。

「これでお似合いだとか、付き合ってるだとか、思い込んだりしちゃダメだからね！」

「わかってるって。それより取材の話だよな？　具体的に何をするんだ？」

「あたしたちが付き合ってるって設定で……」

「三秒前の自分のセリフ覚えてる⁉」

付き合ってるとか思うなって言った直後に、付き合ってる設定でラブコメ取材するとか、何考えてんだこいつ⁉

「い、いいから！　今から、あたしとあんたは、つ、つつつ、付き合ってる恋人同士なんだから！　それで放課後デートする！　いいわね⁉」

いいのか？　ダメじゃねえ？

まあ俺的にはいいけどさ……役得だし。

「放課後デートって言っても、具体的に何をするんだ。もう夕方だし、遠出とかはできないぞ」

てか俺、女子とデートしたことないからな。カップルが放課後に何をするかなんて知らねえよ。ははっ。

「なんで遠い目して乾いた笑い浮かべてんのよ、霜村」

凜夏は半眼のジト目で突っ込んで、それから急にまたもじもじし始めた。

「な、何をするかは、もう決めてあるの……！　デートって言っても、どこにいくかじゃなくて……どこでもできることだから！」

「なんだそりゃ。じゃあ何をするんだよ」

「……てっ」

凜夏は、手を差し出してきた。

「て！　手を繋《つな》ぐのよ！　放課後一緒に手を繋いで、下校するの！」

確かに高校生カップルっぽいけど、

「えっ、今から⁉　すぐ⁉」

俺は周囲を見回した。だいぶ閑散としてきたとはいえ、学校の校門だ。

「だ、誰に見られるか、わからねえぞ……⁉」

「い、いいのよ！　今回の取材は『周囲の目も気にせずにイチャイチャするカップル』なんだから！　ほら、早くしなさいよ！」

目をギュッとつむって、手を差し出してくる。凜夏もだいぶ無理しているふうだ。

「……霜村のやつ、学校バレして急にモテるようになって……！　こうでもしないと、すぐ誰かに取られそうじゃない……！　簡単に鼻の下伸ばしちゃってさ……！　バッカじゃないの……！」

ぶつぶつ何かを言っている。

やっぱり凜夏も恥ずかしいんだな。でも新作のための取材だから、仕方ないんだろう。

俺も緊張で心臓が高鳴ってくる。凜夏と手を繋ぐ——確かギリ神の発売日にも実現しそうになったことだ。あの日はうちの母親が乱入してきて、お流れになった。

こ、今度こそ、か……！

「ほ、本当にいいんだな、凜夏……！」

ふりとはいえ、まるで本物のカップルみたいなことを……なんつーか、後ろめたいんだが！

「うん……お願い……っ」

お願いされてしまった！　本当にいいのかよ⁉

差し伸ばされた凜夏の白く細い指先に、俺もそろそろと自分の手を伸ばしていく。

そして。

誰も止めるものはいなかった。

ぴと……。

俺の指先が、凜夏の指先に触れた。

『あっ』

二人とも思わず声を漏らしてしまった。

確かに感じる、相手の感触。わずかな面積ながら、伝わってくる体温。

俺たちは二人ともその場で、茹《ゆ》でダコのように赤くなっていた。

「つ、次はどうするんだ、凜夏？　もう手を放していいのか⁉」

「ま、まだよ！　手を繋いでもすぐ放してしまったら、そんなのただの握手じゃない⁉」

「確かに！」

いや、冷静に考えれば、指先同士が当たっているだけのこれの、どこが握手なんだという気もするが。

しかし、ということは？

「このまま歩いていくわよ……！　商店街のほうまで！」

バカな。商店街だと。

「商店街は、人の数が段違いだぞ……⁉　うちの生徒だってたくさん寄っていくし、一般の人だって当然……⁉」

「ふっ……ふふっ、やる前はそんなことできないって思ってたけど、ここまで来たら、もう、怖いものなしなんだから……！　いくわよ、霜村……！」

危ない笑みを浮かべる凛夏。恥ずかしいだろうに、取材にかける熱量が違う。それほどまでの、捨て身の覚悟だったとは！

こいつの作家魂も本物だ！　俺も負けてられねえ！

「おう、見せつけてやろうぜ！　俺たちカップルの、ラブラブっぷりをよぉ！」

いや何言ってんだ俺は。頭の片隅でもう一人の自分が冷静に突っ込んでくる。なんかおかしくね？　取材とはいえどっか変じゃね？

ともかく、凛夏としっかり、ぴと……と指先を触れ合わせたまま、もう片方の手では自転車を押すという、非常にアンバランスな状態で歩いていく。

そうして商店街の入口にまで来た。

さすがに人が多い。学生だけでなく、老若男女《ろうにゃくなんにょ》、たくさんの人たちが行き来している。

俺はついに恥ずかしさに耐えきれなくなり、凛夏から手を離した。

あっ……と凛夏が残念そうな顔をするが、俺のいっぱいいっぱいな精神状態じゃ気にしてやれない。

「も、もういいだろ！」

俺は恥ずかしさを隠すように、自転車のハンドルを両手で掴《つか》んだ。

「取材はこれで終わりな！」

そしてサドルに跨《また》がろうとするが、

「ま、まだよ！　待ちなさい！」

凜夏が制服の裾を引っ張ってきた。俺は危うく転びそうになる。

「あっぶね！　まだ何かあんのかよ⁉」

「当たり前でしょ！　手を繋ぐなんて序の口よ！　つ、次は……！」

「もう充分だろ⁉　さすがに恥ずかしすぎて限界だぞ⁉」

「じゃ、じゃあ次が最後にするから！　ね、霜村、お願い……！」

普段はツンツンしてる凜夏が、ここまで言うのはちょっと卑怯《ひきょう》だぞ。

「しょうがねえなあ。これで最後だぞ？　で、何をやるって？」

「か……」

「か？」

「壁ドン……ってやつ」

「はあ？」

いやそりゃ、はあ？　ってなるよ。いきなり何言い出してんだこいつ。

「か、勘違いしないでよね！　これは取材なのよ！　全国の読者に、より面白いものを読んでもらうためなんだから！　あたしがあんたと、その、こういうことしたいからってワケじゃないんだからね！　仕方なくなのよ、仕方なく！」

何やら必死に言いつくろう凜夏。しかし一方で俺は――

んっ⁉　向こうから自転車で猛スピードで駆け抜けてくる迷惑な人物が目に入った。

おいおい、商店街でそりゃねえだろう。徒歩の人たちは慌てて避《よ》けている。

この位置だと凜夏もぶつかりそうだ。必死に言いつくろっている彼女は背後の気配にまるで気づいていない。

「危ないぞ、凜夏」

「えっ、きゃあ！」

「うわっと！」

俺が不用意に凜夏を引っ張ってしまったせいか、凜夏は体勢を崩して転びそうになり、そして俺まで引っ張られてしまった。

暴走自転車の走行音が通り過ぎ、チリンチリンとベルを鳴らしていった。

「悪《わり》ぃ、凜夏」

そう言いながら俺が目を開けると、

――目の前に可愛《かわい》い凜夏の顔が。

『っ……』

期せずして壁ドンが成立してしまっていたのだ。

互いの息が当たるような、心臓の爆音が相手に届きそうな、そんな恋人同士の距離感で、俺たちは紅潮した顔で向かい合い……。

そして……。

「……ん」

おい、凜夏が目を閉じて、唇を無防備に突き出してるんだけど。

ちょちょちょ、ちょっと待とうか。えっ？　何これ。何がどうなってんの。もしかして凜夏さん、キスされるの待ってる？　いや、えっ？　待ってる？　待ってるよね、これ？

男子と付き合ったことないって言ってたから、これ、ひょっとしてファーストキス？　だよね？　ファーストキスだよね？

えっ、いいの俺で？　今？　うそっ⁉

……ごくりっ。

なんかよくわからんが、今なら凜夏の唇を奪えるようだ。

てか向こうから求めてる。そうとしか思えない。

本当は凜夏には、俺がプロ作家デビューしてから告白するつもりだったけど……。

もう脳が焼き切れてしまって、理性が働かなかった。俺を突き動かすのはたった一つの強い想《おも》いだ。

好きだ、凜夏……。

そうして俺は、凜夏の可愛らしい唇に自分の唇を重ね——

『マミー！　マミー！　緊急事態！　ハルくん助けてぇ〜！』

「どわぁぁぁぁぁあっぁっっっぁぁあっっ‼??」

「きゃぁぁぁっぁああぁぁあぁぁあっぁぁっ‼??」

俺と凜夏は同時に跳び上がり、弾《はじ》かれたように距離を取った。

「なっ、なに、この音……着信音⁉」

凜夏が愕然《がくぜん》としてそう言う。

「なんか聞き覚えがあるんだけど」

「き、気のせいだろ！」

俺は慌てて否定するが、凜夏が正しい。過去に何度かこういった事態は発生していた。

そう、俺のポケットからバイブ音とともに聞こえてくるそれは、俺も凛夏も知っているある人物の録音声だった。俺は慌ててスマホを取りだして画面を確認した。『あなたの大好きなお母さんとのホットライン☆』と表示されている。

切った。

クソババア！　いいところで邪魔しやがってぇえええええ！　母親の声を着信音にするわけねぇだろうがぁああ！

てか何度設定を変えても元に戻しやがってよぉ！

「じゃあ子猫ちゃん、続きを……」

「誰が子猫ちゃんよ⁉」

ばちこーんっ。

キモさマックスで唇を突き出した俺の頬を、凛夏の平手が弾いた。

「あんた今キスしようとしたでしょ⁉」

「しししししてねえよ⁉　むしろお前がしてほしそうにしてただろ⁉」

「は、はあ⁉　そんなわけないでしょ⁉　なに勘違いしてんの⁉」

俺はビンタで赤くなった頬に手を添えながら、その場で嘆いた。

ちくしょう！　千載一遇のチャンスを逃したぁ！　さっさとやれば良かったぁ！　俺の

バカぁああああっ！

「……あたしのバカぁ！　自分からキスしにいけば良かったぁ！　ずっと受け身だからうまくいかないって占いで言われたばかりだったのにぃ！　積極的になろうとしても肝心なところで相手任せぇ……！」

頭を抱えて懊悩《おうのう》する俺と、
壁に頭突きをくり返す凛夏。

……いや、凛夏は何やってんだあれ。血ぃ出るんじゃねぇの……大丈夫？

と、そこでまた着信が来た。母親が連続で電話してくるときは、割と本当に用事があったりするからな。俺は出てみた。

『ハルくん助けてぇ！　お醤油《しょうゆ》切らしちゃったのぉ！　このままじゃ今晩のお料理の味付けができないよお！』

そんなことかよ！　おまっ、そんなことで俺と凛夏の初めてのキスをっ。

「ああもう！　わかったわかった！　帰りに買っていってやるから！」

『ありがとうハルく～ん！』

ったく、しょうがねえ母親だ。

「凛夏、悪ぃ。今日はこのくらいでいいか」

「う、うん……」

凛夏は少し寂しそうで、俺はちょっぴり胸が痛んだ。

人付き合い下手だからなあ、こいつ。俺以外と話す相手とかあんまりいないんだろうな。

「い、言っとくけど、友達くらい普通にいるからね！　勘違いしないでよ！」

「あーはいはい」

でもまあ、今日は濃密な時間を過ごさせてもらった。凛夏との仲も、ちょっとは進展したんじゃねえかなって思う。物理的に、過去最高に接近したからな。

「じゃあ、またな」

「……うん！」

凛夏は微笑《ほほえ》んで、小さく手を振ってくれた。

何歩か進んで一度だけ振り向くと、なぜか凛夏はガッツポーズしていたんだが……何か嬉《うれ》しいことでもあったのか？　ラブコメ取材がそんなに手応えあったんなら、それに越したことはないけどさ。

◇　◇　◇

スーパーで醤油を買い、帰宅する。すっかり暗くなっていたが、三人家族には贅沢《ぜいたく》な一軒家だ。

玄関を開けると、

「お帰りなさーい」

と母親・美礼がパタパタとスリッパの音を立てながら、リビングから出てきた。

俺が言うべきことは、ただいま、ではなかった。醤油買ってきたぞ、でもなかった。

「二度と学校にくるなよ⁉」

今朝の全校集会の件だ。どれだけ恥ずかしい思いをさせられたと思ってる⁉

「ええっ、ハルくんもきっと喜んでくれると思ったのに!」

「なわけねえだろっ。二度とあんな勝手なマネするなよ!」

「でもお弁当は届けないと、ハルくんのお昼ご飯が……」

「そっちじゃねえよ⁉　罪の意識ゼロか!　勝手にスピーチしやがった件に決まってんだろうが!」

靴を乱暴に脱いで、廊下をいく。そんな俺に母親が縋《すが》り付いてきた。

「ふぇーん、ごめんなさいハルく～～～ん!　お母さんを嫌いにならないでぇ!」

後ろからがっつり腕を回してのホールドだ。柔らかすぎるものを押しつけられ、俺の背中で、ぐにゅう、むにゅう、と形を変えている。

「放せっ、鬱陶しい！」

「……そう言いながら、顔が赤くなっていますよ、兄様」

りん、と鈴が鳴るような声。

妹の美悠羽《みゆは》が、廊下に顔を出していた。

「そんなに目くじら立てなくてもいいではありませんか。母様にも悪気があるわけではないのですし」

よしよし、と母親の頭を撫《な》でる娘。普通、逆だと思うんですけど。

「……美悠羽、学校の全校集会で、母さんがお前のことをどれだけ好きかスピーチするのを、許せるか？」

「…………」

「きっと美悠羽ちゃんなら、許してくれるわよね？」

美礼は屈託のない笑顔を向けるが、

「さてお夕飯にしましょう。兄様、醤油を」

「うむ」

「あれ、美悠羽ちゃん？　美悠羽ちゃんなら許してくれるわよね？　ね？」

暴走特急こと霜村美礼をあとに残し、俺と美悠羽は料理の味付けに移るのだった。

今晩は肉じゃが、牛肉のしぐれ煮といった和風料理だった。

基本的に料理をするのは俺が一番うまく、美悠羽が二番手で、美礼は下手なのだが、これは母親の仕事だと積極的に料理をしようとする美礼の心意気を、俺や美悠羽は遮ろうとはしない。だから時々醤油がなかったりするのだが。

家族三人でテーブルを囲んで、夕食を摂《と》る。

「ハルくん、創作活動のほうはどう？」

「またちょっと行き詰まってきたかな……」

先日の千里との勝負で、俺は今の自分に書ける最高の作品を執筆できたと思う。

しかし、そこで出し尽くしてしまった感がある。

あの作品は、確かに俺の人生を、魂を込めた作品だった。評判はもの凄《すご》く良かったし、ウェブ小説サイトのランキングを初めて駆け上がり、なんと二位にまで上り詰めた。プロ作家である千里えびでんす先生よりも上の順位だった。以前までとは比べものにならないほどの大躍進である。

だがそれでも一位には届かず（わずか一票差だった！）、書籍化の夢は叶《かな》わなかった。

いったい何が足りなかったんだろう。イラストや文章はいいものが出来上がっていたはずなのに。投票制だったから、宣伝が足りなかったのか。それとも……。

「兄様、手が止まっていますよ」

「そうよ、ハルくん。今はご飯を食べるとき。しっかり食べて栄養を摂らなきゃ、執筆も進まないわよ」

「……だな」

俺は白飯を頬張った。

あまりくよくよ悩んでいても仕方ない。凜夏だって新作の取材を始めているみたいだし、俺も少しずつ次回作の企画を立てていかなきゃな。

「ところで、そういうあんたこそ、次回作がスムーズに進んでねえみたいじゃねえか。この前、花垣《はながき》さんからいきなり電話が掛かってきて、ビックリしたぞ」

花垣というのは、種付けプレスの担当編集だ。基本的にメールでのやり取りが主流で、そこは美礼がやっているのだが、電話には覆面の俺が出ることになっている。

最近は自分の創作活動にかかり切りだったから、俺はあまりメールのやり取りを読んでいなかった。その点は反省している。

「次回作はたしか、兄×妹ものって話だったよな」

デビュー作が母子の近親相姦《そうかん》で、二作目は兄妹《きょうだい》の近親相姦だというのだから、うちの母親はやはり頭のねじがぶっ飛んでいるとしか思えない。

「タイトルはなんだっけ？」

「『日本神話も笑えない』」

……いろいろ言いたいことはあるが。

「つーか略称どうすんだ、それ。ギリ神を踏襲して『日神』か。それとも平仮名の部分だけとって『もえない』とか」

もえないは正直自分でも天才かと思ったが、

「そんな！　近親相姦は萌《も》えるわよ！」

「家族の前で言うセリフ？」

美礼は、けれどあまり取り合わずに頬に手を添えて「はふぅ」と溜息《ためいき》をついていた。今はご飯を食べるとき、って言った本人の箸が進んでいない。

「……次回作の何が引っかかってるんだ？」

「うーん……。お母さんね、今のプロットでも書けないこともないんだけど、もう普通の近親相姦じゃ満足できない体になってしまったみたいなの。プラスアルファ、何かないかなって」

「ツッコミどころはあったが、スルーする」

俺は三白眼になって、むしゃむしゃと咀嚼《そしゃく》するが、

「ハルくん、お母さんね、穴があったら突っ込むべきだと思うの」

「食事の時間ですよ」

美礼の言葉は八割方、下ネタに聞こえてくる。以前までは、純粋培養お嬢様の美悠羽がいるところではナリを潜めていたのだが、『あの事件』があってからは美悠羽の前でもオープンになった。

でも、と美礼は話を戻した。

「クリエイターにとって、悩むことはそんなに悪いことじゃないのよ。もっといいものが出せる気がするってことだから。ハルくんもあんまりネガティブに考えないようにね」

「ああ」

たしか花垣も電話でそういう話をしていたな。いろいろ悩んだり、どうでもいいような細かいことを気にしたり、そういう面倒臭いクリエイターは、むしろいいクリエイターなのだと。面倒臭いけど、もっといいものを生み出してくれるのだと。ほんっと面倒臭いんですけどぉ、と花垣は繰り返し言っていた。……面倒くさいんだろうな。

「美悠羽、お前は最近どうだ」

美術部のエースだ。部長にも推薦されたようだが、絵に専念したいからと辞退したらしい。

美悠羽はまだ中学生ながらプロ顔負けの優れた画力を持ち、都の特待生候補にも挙がっていて、莫大《ばくだい》な奨学金を巡る試験に身を投じている。このあいだの面接も、優秀な妹は難なく突破し、当然のごとく次の試験に進んでいるという。

……ってだけなら、お兄ちゃんはホントただ純粋に誇らしかったんだけどな。

じつは美悠羽には『裏の顔』ってやつがある。

千里との勝負では随分世話になったが、しかし俺は、いくら助けられた部分はあるにせよ、完全に受け入れるにはもう少し時間が掛かりそうだ。

そう、うちの妹は、なんせ——。

「ええ、じつは」

と美悠羽は切り出した。

「エロイラスト大賞、というものを受賞してしまったようなのです」

……俺の想像を遥《はる》かに超える、ヤベーやつだったんだ。

◇　◇　◇

そしてあっという間に授賞式の日が来た、というデジャブ。

「ハルくん、美悠羽ちゃん、忘れ物はない？」

「っていうか持参物もとくに指定されてなかっただろ。せいぜい名刺くらいか。それはちゃんとポケットに入ってるし、ほら？　大丈夫だよ」

これもデジャブ。

「……でも、やっぱりお母さん心配だわ。保護者として一緒に行ったほうがいいんじゃないかしら。編集部の方々に、息子がお世話になってますってご挨拶しておきたいし」

「いいよ、そういうの。こっちが恥ずかしいわ。だいたい母さんはどこかヌケてるんだから、つい口を滑らせちゃうかもしれないだろ。来ないほうがいいって」

「お母さんがヌケてるんじゃないの。ヌケる小説をお母さんが書いてるのよ」

「やっぱこのやり取り覚えがあるわ！」

いくぞ美悠羽っ、と俺は踵《きびす》を返し、駅に向かって歩き出した。

ではいってきます母様、と美悠羽はお行儀良く頭を下げてから、ととと、と小走りで俺の隣にくる。

……そう、じつは美悠羽にはある秘密が存在するのだ。

エロイラストレーター『性なる三角痴態』先生。

現役中学生にして、十八禁のイラストを世に送り出すヤベーやつだったのだ。

さすがに身元は非公表であり、兄の俺でもそれを知ったのは、二ヶ月ほど前のことだったが……実力は本物。

『性なる三角痴態』こと美悠羽は、二次元エロ業界では知らぬ者のいない超新星だ。

そんな彼女が今回受賞したのは、正確には『２０２１年上半期：美少女作品アワード』におけるエロイラスト部門で一位、ということらしかった。

その報告を受けた直後、種付けプレスの担当編集である花垣からも電話が来た。なんと種付けプレスも、同じ賞の新人ラノベ作家部門で一位を獲得したというのだった。

『急ですみませーん、まさかこんなギリギリなのに上半期の部で食い込むとは！　さすが種付けプレス先生ですが、授賞式は二週間後に迫ってまして、来られそうですか？　普通は受賞しそうな人にはもっと早く連絡がいくんですけど』

時間や場所の問題はなかったが、霜村家において一番の問題は、誰がいくか、だった。

作家・種付けプレスとは俺になっているから、まあ俺がいくのはいいだろう。

問題は『性なる三角痴態』先生だ。有名お嬢様学校に通う美悠羽がエロイラストレーターとして活動していることを、公にするわけにはいかない。

一応、『性なる三角痴態』としては欠席にして、美悠羽はただ種付けプレスの家族として兄に付き添うって名目にしているが……。

「万が一身元バレしそうになったら、兄様が『性なる三角痴態』のふりをする、というのは？」

「デジャブじゃねえか！」

「バレなきゃいいのよ、バカ兄」

ニヤッ、と嗜虐《しぎゃく》的な笑みを見せる少女。信じられるだろうか。これがあの、清楚《せいそ》で可《か》憐《れん》なはずの妹、美悠羽の素の顔なのだった。

次の瞬間には、すっと元の仮面を被《かぶ》っている。お嬢様らしい淑《しと》やかな表情だ。

女はみんな役者、なんて言葉があるけどさ……うちの妹は一級品だよ、ホント。

それはともかく、性なる三角痴態の公の姿をどうするかだ。

美悠羽は本気かどうか知らないが、俺がまた代行すればいいという。

「いやバレるって。種付けプレス＝性なる三角痴態とか怪しさ満点だろ」

今日は出版関係者も多く出席するだろうし、何より担当編集・花垣カモメも出席する。

ギリ神の本文を書いた種付けプレスと、そのイラストを担当した性なる三角痴態、両者がじつは同じ人物だった、なんて、花垣は間違いなく不審に思うだろう。

「何か他の案を考えなきゃな……」

腕を組んで唸《うな》っているうちに、会場に到着してしまった。

萌え業界を代表するコンペティションの授賞式だ。立派なホテルの大広間が使われている。入口で種付けプレスとしての招待状でチェックインし、美悠羽は示し合わせていたとおり、ただの付添人の家族ということにした。

中に入ると、広い会場での立食パーティだったが、たくさんの人々でごった返していて圧倒される。

以前に経験した、オールジャンル小説新人賞の授賞式とはまた少し違う。あれは小説専門だったが、今回はイラストやゲーム・漫画など、サブカル業界を大きく跨《また》ぐ授賞式だ。必然、内装や食事も豪華となり、壁際《かべぎわ》には、何倍にも引き延ばされた二次元キャラのイラストが貼り出されている。

あちこちにお偉いさんらしきスーツの大人もいるし、俺でも知っているような顔出しクリエイターや、人気声優もいる。人だかりで近づけないが、遠目からでも〝大物オーラ〟みたいな特別な雰囲気は感じ取れた。

ナマで見た。スゲー。マジで業界のトップばかりが集まってんだな……。

俺は尻込みするしかない。本来、ここにいていい人間ではないのだ。何十万といるワナビーの一人に過ぎない。セミプロですらない。

圧倒されて硬直してしまう俺。横から突《つつ》かれて、ハッと我に返る。

「兄様、どうか気後れしませぬよう」

「……ああ、ありがとな、美悠羽」

まるで緊張していない、いつものごとく澄まし顔の美悠羽。こいつも大概、大物だ。

お兄ちゃんの俺が、いつまでも気圧《けお》されてちゃ世話ないよな。

「すー、はー」

一度深呼吸をして、落ち着けた。

業界トップに触れて、ビビるのではなく、気を引き締めろ。

美少女作品アワードは注目度が高く、そこに種付けプレスも食い込んだのは僥倖《ぎょうこう》だ。

しかし今回はあくまでも上半期の部であり、業界の移り変わりも激しい。下半期でもしっかりポイントを稼いで、年間最優秀賞を取れるよう、俺も代行者として頑張らないとな。

冷静になれば、視野も広がるし、いろいろなものが見えてくる。

「あそこにいるのは」

綺麗《きれい》な赤髪の女子が、不安そうにキョロキョロしている。

「凜夏！」

「！　霜村……っ」

凜夏はこちらを確認すると、半泣きのような表情からホッと息をつく。

「良かった、知り合いが見つかって」

「お前も呼ばれてたんだな」

「うん、新人ラノベ作家部門で二位だったから。あんたは？」

「悪い、一位だって」

「ふーん、やるじゃん」

凜夏は悔しがるでもなく、むしろ自分のことのように嬉《うれ》しそうだった。

それから凜夏は、ちょっと緊張した様子になり、美悠羽のほうを向く。

「こ、こんにちは。美悠羽ちゃん」

「つーん」

そっぽを向いて唇を尖《とが》らせる妹。さすがにこれは感じ悪いぞ。

「おい、美悠羽。挨拶くらいしろよ」

俺はお兄ちゃんとしてそう言い、しかし美悠羽はあまり態度を改めない。

「では瀧上さん、わたしのことは霜村さんと読んでもらっていいでしょうか。つーん」

なんで急にツンツンし出したの、この子。

凜夏のほうもいつもと違い、猫なで声をくり返す。

「あ、あたしのことは、り、凜夏お姉ちゃんって呼んでくれてもいいんだよ？」

「いえ、瀧上さんと呼ばせてください。つーん」

「あは、は……こ、これは手強《てごわ》いわね……！」

なぜかいつもより兄にベタつく妹、そんな美悠羽になぜか気後れしている凜夏。

……何これ？

戸惑っていると、また別の知り合いが目に入った。

ボサついた濃緑色の長髪に、丸メガネ、そして白衣を羽織ったその姿は、一見すると医者や研究者にも見える。しかし忘れもしない、直接会うのはおよそ三ヶ月ぶりになるが、彼女こそ種付けプレスの担当編集・花垣カモメだ。

俺はさっそく声をかけようとしたが、

「おーい、花垣さ……ん？」

よく見てみたら、花垣はなぜかマイクを片手に持ち、後ろには肩にカメラを担《かつ》いだ男を連れている。腕章もしていて、まるでテレビのレポーターコンビみたいだった。

何かインタビューでもして回ってるのか？

「ややっ！　これはこれは、きめせく先生と千里えびでんす先生じゃないですかぁ」

花垣が次に突撃した相手を確認して、俺も嬉しい気持ちになった。

黒髪をキッチリ七三分けにして、ダークなスーツを着こなす細身の男。彼は業界トップが集まるこの場でも、まるで自分の庭のように堂々としている。

きめせく先生だ。現在のラノベ業界においてトップに君臨する超売れっ子作家。二十年以上も経験のあるベテランで、総発行部数は何億部とも言われる異次元の存在。

そして、その隣にいる幼女、にしか見えない合法ロリは、千里えびでんす。きめせくの実の娘であり、偉大すぎる父の背中を追いかけている人気作家だ。

二人とは種付けプレスの授賞式以来、ある意味で因縁の仲になったとも言えるが、その出会いを通して、俺は大きく成長できたと思う。

いろいろあったが、俺は二人のことが好きだった。

近づいていくと、花垣と話す会話が聞こえてきた。

「きめせく先生！　千里先生！　最近『作家の家族を突撃！　ナマ配信！』みたいな企画が進んでいるんですが、出演してみませんか⁉」

「ほう！　なら俺と千里のラブラブ親子っぷりを全世界に配信できるというわけか！」

きめせくのメガネが、キラーン、と光っている。

千里のほうは「げっ」という感じだ。

「なに乗り気になってんのよパパ！　わたしはそんなの嫌だからね⁉」

「恥ずかしがるな娘よ！　一日密着取材してもらおう！　一緒のベッドで起きるところから、一緒にご飯を食べて、一緒にゲームして、一緒にお風呂《ふろ》に入って、一緒に寝るところまで！　余すところなく俺たちのラブラブ親子っぷりを見せつけてやろう！」

「捏造《ねつぞう》すんな！　ベッドとお風呂は別でしょ！」

千里は恥ずかしそうに赤面して否定している。

以前のギスギスした関係よりは百倍はマシかもしれないが……向こうの親子も大変だな。

俺は親に苦労するってことをよくわかっているので、千里にヒドく同情した。

ギャーギャー騒ぐきめせく親子を置いて、花垣がこちらに気づいた。

「種付け先生！　直接お会いするのはお久しぶりですぅ！」

「どうも、おひさです」

互いに一礼して、

「ぜひ先生の家族にも突撃取材を！」

「うちは絶対にダメです」

断固として拒否した。拒否しない理由がない。

ってマズい、この場に美悠羽がいるんだ。興味を持たれたら何かと面倒だぞ。

そう思ったが、

「カリン先生はどうですかぁ⁉」

「あ、あたし顔出しNGで」

「そうですかぁ、残念です。ではお二人とも、すみませんがまたあとで、ゆっくり話しましょ〜！」

凛夏にも軽く挨拶して花垣は、さっさと次の標的に向かっていった。

「誰かご自宅を取材させてくれる作家先生、いませんかぁ？」

……あれ？　美悠羽に妹ですかって訊《き》かないのか？

そう思って美悠羽を捜すが、いつの間にか傍《そば》にはいなくなっていた。

どうやら頭のいいうちの妹は面倒事を早々に察したらしく、素知らぬ顔で立食を楽しんでいたのだった。……賢い。

◇　◇　◇

お偉いさんたちの挨拶が行われ、その後ふたたび自由な立食パーティとなった。

顔見知りに挨拶しながら会場をぐるっと回り、『性なる三角痴態』の受賞イラストを見つけた。

多くの人が集まっていたので、その全貌が見えるまでには少々順番待ちをしなければならなかった。

「おおっ」

俺や凛夏は感嘆の声を漏らす。

ベッドに全裸で横たわる、姉ショタという感じのエロイラストだった。事後なのか姉のほうは明け透けに裸体を横たえ、余裕のある表情を見せているが、少年のほうは恥ずかしそうにシーツで体を隠している。デジタルイラストではあるが、細かい描き込みと重厚感のある色遣いが、どこか独特の味を醸《かも》し出し、水彩画とも油絵とも違う斬新さを演出している、ように思えた。素人《しろうと》の俺にはよくわかんねえけど。

「ちなみに兄様と母様です、モデルは」

「わかってたからいちいち言わなくていいよ」

耳元でボソッと解説してくる妹の言葉に、俺は三白眼になってしまう。

ともかく、ただの卑猥《ひわい》なエロイラストではなく、美しさと〝深み〟を感じる。

他の鑑賞者たちも唸《うな》っていた。

「うーむ、ここまでくると芸術の域だな」

「ただのサブカル好きの絵じゃないですよね、これ。絵画の基礎をしっかりやり込んでますよ。デッサン力の高さが尋常じゃない。どっかの有名美大の学生とかじゃないですか」

「キャラに目が行きがちだけど、立体感も圧倒的だ。現実世界に飛び出して来そうじゃないか」

絶賛されてる、と思って良さそうだ。まあ上半期一位を取るほどだから当然だが。

種付けプレスの授賞式でもギリ神は絶賛されていたが、あれはハイテンションでお祭り騒ぎだった。性なる三角痴態の場合、まるで美術館に迷い込んでしまったかのような静寂の称賛を受けている。俺もどうせ代行するならこっちが良かった。

受賞作以外にも、最新の作品であるギリ神の挿絵なども一緒に公開されていた。こちらも評価が高い。母と息子の屈折した親子愛、それが圧倒的なディティールとオリジナリティによって生命の息吹《いぶき》を宿している。

エロなのは玉に瑕《きず》だが、元から自慢の妹だ。それが絶賛されて嬉しくない兄貴はいない。

「なあ、凄《すご》いよな、凛夏！」

「そうだけど、なんであんたがやけに自慢げなの？」

半眼のジト目で見られてしまう。

ギクリとした。マズい、美悠羽が三角痴態だというのは秘密なのだった。

俺は咄嗟《とっさ》に目を逸《そ》らし、無意味に後頭部に手をやった。

「い、いやー、種付け作品の担当だし。お前も自分の作品のイラストレーターが絶賛されてたら、自分のことのように嬉しいだろ？」

「まあね。でもあんたはなんか、まるで身内みたいに喜んでるから」

「そっ、そんなことねえって！」

鋭《するで》えなこいつ！

「……あたしの作品でもいつか、そうやって喜んでくれる日がくるかな……」

「んっ⁉『星屑《ほしくず》』も良かったぞ？」

「聞こえっ⁉　……あ、ありがと」

ぎょっと赤面した凜夏は、次の瞬間にはすねたように唇を尖らせ、それでも流し目で感謝してきた。が、

「……兄様のバカ」

なぜかもう片方からは叱責され、ふんっと、そっぽを向かれてしまう。なんで怒ってるんですか美悠羽さん……。

ともかく授賞式に来て良かったと思う。自分のことのように嬉《うれ》しくて、兄として鼻が高い。誇らしい限りだ。

すべてのイラストを鑑賞し終わり、上機嫌で次にいこうとしていたところ。

背後から思わぬ言葉が聞こえてきた。

「これってストーリー性が描けてねーじゃん♡」

ん……？　振り向いてみると、ど派手なピンク髪をした少女（ロリ巨乳）が、ニヤニヤしながら美悠羽の受賞作を指さしていた。

「シチュエーションを生かし切ってないよね♡　二人がどんな関係でこれからどうなっていくのかも示されてないしさ、この瞬間だけしかないって感じ♡　二人がどんな人生を歩んできたのか全然わかんねー♡」

「なっ……！」

批判している、のか⁉　美悠羽の絵を⁉　あんなに誰もが絶賛しているのに⁉

「だいたいさぁ、こいつのイラスト、家族ものばっかじゃん♡　他のキャラは描けねーのかよ♡」

キメ

「な、なんだと！」

俺は思わず声を荒げていた。後ろから「兄様⁉」とか「ちょっと霜村⁉」という引き留める声も聞こえていたが、家族をけなされて我慢できるほど、俺は人間ができていない。

ピンク髪をした生意気そうな謎の少女に、俺は真《ま》っ直《す》ぐ詰め寄った。

「いちゃもんつけてんじゃねえよっ。三角痴態のイラストはどれもめちゃくちゃうまいだろうが！」

怒声に周囲がどよめくが、知ったこっちゃなかった。

後ろから服の裾を引っ張られて、「兄様、気にしないでください、批判はどこにでもあるものです」と諌《いさ》める言葉が届くが、それでも、俺は。

「ギリ神とか、『シスエリ』のイラストとか、最高じゃねえか！」

シスエリ、とは性なる三角痴態の出世作となったエロゲ『シスターエイリアン』の略称だ。十二人の妹たちがエイリアンに犯されるというキワキワな作品ながら、いわゆる泣きゲーで感動的なシナリオで、それを彩《いろど》った三角痴態の絵は、素晴らしいの一言だった。

その点はピンク髪少女も認めるようだ。

「家族ものでしっかりストーリーが作られてるなら、いいイラストにはなってるけどさ♡　それ以外の仕事絵とか趣味絵とか見たかよ♡　ストーリー性もないし、レベル低いじゃん♡

まともなのは家族ものだけ♡　家族ものしか描けないんじゃねーの♡」

「なっ、そんなこと……！」

しかし周囲の人たちも「言われてみれば確かに……」と少女のほうに理解を示している。

周囲のムードからして、こちらの分が悪い感じだ。

「なっ、何言ってんだよ！　みゆ――せ、性なる三角痴態先生のイラストは世界一だって！」

口ではそう言いながら、素人の俺は違いがわからなくて、戸惑う。どれもいい絵だとしか思えない。まさか本当に、美悠羽は家族もの以外のイラストは見劣りするのだろうか。

「凜夏、おまえはどうだ⁉」

「あたしもいい絵だと思うけど……」

凜夏は周りの反応を見て、

「ひょっとしたら、プロイラストレーターなら差がわかるのかも……」

「くそっ、そんなわけ……！」

「兄様、もういいですから」

最初は止めようとした美悠羽だったが、

「ギリ神の兄のイラストだっさ♡　どうせモデルもざこ童貞♡」

「──聞き捨てなりません。今、なんて言いました？」

ずい、と美悠羽が前に出てくる。オイオイ待て待て、と今度は俺が止めに入る番だった。

お前はマズい、お前はマズいから。

しかし美悠羽は俺の制止を振り切り、怒りを滲《にじ》ませながら、謎の少女と対峙《たいじ》した。

「もう一度言ってみてください。今のふざけた妄言を」

ちょっと待って、この子、なんでいきなりこんなキレたの？　お前が騒ぎを起こすのはマズいんだって！

「さ、さすが兄妹《きょうだい》……そっくりね……」

凛夏は唖然《あぜん》としてそう言う。あれっ？　俺もさっきこんな感じだった⁉

謎の少女のほうは、まったく怯《ひる》んだ様子はない。むしろ冷静に俺と美悠羽を見比べ、そしてギリ神の兄のイラストにも目をやった。

次の瞬間にこちらに向けてきた目は、ニヤリ。そういうことかと、モデルが俺だと気づき（そっくりだから素人にもわかる）、美悠羽が妹なのだとまで見抜いたように歪《ゆが》んでいた。

「何度だって言ってやんよ♡　てめーの兄貴はくそざこ童貞♡　なっさけねえ、よわよわのダメ兄貴なんだよ♡」

「兄様は童貞であることに誇りを持っているんですっ。バカにしないでください！」

いきなり何を言い出すんだ妹よ――。

俺は別に童貞捨てられるならさっさと捨てたいんだが、初めての相手は凜夏だと決めているだけだ。童貞であることに誇りとか持ってるワケねえだろ。

しかし俺のことはそっちのけで、少女二人のレスバはヒートアップしていた。

「女と付き合ったこともないヘタレ兄貴を、なっさけねえクソザコ童貞っつって何が悪いんだよ♡」

「兄様は情けなくなんかありませんっ！　いつも優しくて、とっても頼りになって……そんなお兄ちゃんが、わたしは大好きで……！」

「チー牛兄貴♡　子ども部屋おじさん♡　一生自立できないダメ人間♡」

他人を苛《いら》つかせる罵詈《ばり》雑言《ぞうごん》を正面からぶつけられ、美悠羽はプルプルと震えた。

「ゆ、許せない……っ！　絶対に……っ！」

もう完全にお嬢様の仮面は外れてしまっている。

「お兄ちゃんは立派よ……！　そりゃ、今はまだ社会的な成功はしてないけど、それはまだ高校生だから当たり前だし、最近は夏場で薄着のお母さんをチラチラ見てて、瀧上さんに鼻の下を伸ばして……！　巨乳好きのバカ兄だけど……！」

「ちょっと黙ろうか美悠羽さん⁉」

「でも！　お兄ちゃんはやるときはやる人だもん！　誰よりも勇気があって、力強くて、格好いいもん！」

美悠羽はもう、遮二無二になって叫んでいた。

「お兄ちゃんをバカにする人は、わたしが許さない！」

「……美悠羽」

そこまで言ってくれるのは、兄貴冥利《みょうり》に尽きるってもんだ。俺も素直に嬉しいよ。

けど、これ以上は本気でマズい。そもそもこんな公の場で騒ぎを起こすこと自体が社会常識に欠けている（最初に怒鳴ったのは俺だけど）。俺は強引にでも美悠羽を引っ張っていこうかと思ったが――。

「ふーん♡」

謎のピンク髪の少女は、未《いま》だ不気味にニヤついている。

「話戻すけどさぁ♡　この性なる三角痴態ってイラストレーター、家族ものしかまともに描けてないよね♡　ストーリー性よわよわ♡」

「くっ……！」

ふたたび矛先が美悠羽に向き、俺の怒りが再燃しかける。

謎の少女が露骨に挑発してきているのは、俺だってわかってる。だけど、さっき美悠羽がキレたみたいに、俺だって家族をバカにされたら我慢できなくなるんだよ……！

「ゴミ絵♡　ガラクタ♡　落書き♡　ざこ♡　無能♡　役立たず♡」

「んだとゴラァ！」

頭に血が上り、俺は思わず怒鳴っていた。

「っっ……！」

と美悠羽まで眉尻がピクピク跳ね上がっている。絵師としてプライドが傷つけられるのを、もうこれ以上は黙っていられない様子だ。

俺たち兄妹の燃え上がるような視線を、しかし少女はまるでそよ風のように受け流す。

さらに三日月のように歪んだ目で、楽しむように煽《あお》ってくるのだ。

「家族ものしかまともに描けないとか、くっさ♡　感動させりゃいいみたいに思ってんじゃねーの？　恥ずかしくな〜い？」

このガキ！　調子に乗りやがって！

「舐《な》めてんじゃねーぞ！　性なる三角痴態先生には！　美術特待生の話も来てるんだぞ！」

言った瞬間、静寂が支配した。

あっ……と俺は我に返る。頭から血の気が引いたが、代わりに冷や汗が噴き出した。

しまった、三角痴態のプライベートの情報を、思わず吐いてしまうなんて。

案の定、周囲はざわつき始めた。

「美術特待生、ってことは、やっぱり三角痴態は学生か！」

「いやまだ候補ってことは、高校生、いや中学生の可能性だってあるぞ！」

「まさか！　こんな十八禁を描いているのが、未成年⁉」

あわわわわわっ、やべー、やべーことになってきた。

「……バカ兄」

　美悠羽が小さく言い、ゲシっと俺の足を蹴ってくる。す、すまん……！　自分から口を滑らせるなんて、迂闊《うかつ》にも程がある……！

「♡」

　ピンク髪の少女も、勝機と見たか近寄ってきた。

「なんで知ってんの♡」

「そ、それは……！」

　こちらを見上げてくる少女の視線。先ほどまでは『ギリ神のモデルになった兄とその妹』を見る目だったのに、今は完全に三角痴態本人ではないかと疑っている目だった。

　そしてそれは彼女だけではない。周囲の大人たちも似たような疑いの視線を向けてきている。

　ヤバいヤバい、どうする⁉　なんとか言い訳を……！

「ええと、そうだ……！　性なる三角痴態先生とはギリ神を機にネットで絡《から》むようになって、いろいろ話したんだよ……！　今日だって、出席はできないけど代わりに『よろしく伝えておいてくれ』みたいなこと言われたし！」

　どう⁉　ちょっと早口すぎたけど、我ながら悪くない誤魔化し方じゃねえ⁉

俺が種付けプレスだという情報を広めるリスクはあったが、周囲の反応はなかなか悪くなかった。

「あの謎のイラストレーター・性なる三角痴態と親しくしているとは！　さすが種付けプレス！」

いやその持ち上げ方はよくわからんけど、まあ誤魔化せたんならオーケーだ。

三角痴態本人である美悠羽は「そうです、兄様は凄《すご》いのです」とうんうん頷《うなず》いている。

いやお前のそれはおかしい。まあ口調がお嬢様モードに戻っているから、少しは冷静さを取り戻せたらしいのは良かったが。

しかし謎の少女だけは、その鋭い洞察力で何か察したふうだった。

「ふーん♡　そゆことね♡」

そして美悠羽を見る。明らかに、美悠羽が『性なる三角痴態』だと見抜いている。

「兄のほうかと思ってたけど……そっちか♡」

「いえ、わたしはっ……！」

美悠羽は目を逸《そ》らし、どうにか誤魔化そうと考えを巡らせる顔をする。

だが少女のほうは、もう完全に、矛先を美悠羽に定めていた。

「ざーこ♡　ざーこ♡　ざこイラストレーター♡　家族ものしか描けない三流絵描き♡
ストーリー性がない精力よわよわ筆遣い♡」

「……なんですって……っ！」

露骨に標的にされ、美悠羽が歯がみをする。ふたたびお嬢様の仮面はすっかり剝がれ落ち、素の顔が見えていた。

しかしここまで言われても、美悠羽は反論しない。怒りに震えるのみ。

なんで反論しないんだよ、美悠羽⁉

三角痴態であることがバレたくないから、リスク回避で何も言わないようにしているのか。それとも……。

まさかそいつの指摘が、図星なのか⁉

俺は違うと信じたいが、周囲の大人たちは少女の意見に賛同しているようだ。

形勢は不利。このままじゃ防戦一方。ここは攻撃に転じるほうがいいだろう。

「お、お前こそ、何なんだよ⁉　子どものくせに偉そうに！　どうせ、適当なこと言ってるだけなんだろ！」

しかし矛先を向けられても、少女は余裕だった。

「あっ♡　僕ちゃんのこと知らないんだ♡」

何？　どういうことだ？

戸惑っていると、近くにいたおじさんが教えてくれた。

「彼女はまだ中学生だが、一般イラスト部門で上半期一位を獲得した、貝塚《かいづか》レーニャ先生だぞ」

「えっ」

つまり美悠羽と同期受賞のイラストレーターってことか！

「あなたが、貝塚レーニャ……!?」

美悠羽が唖然《あぜん》としている。会うのはこれが初めてらしいが、さすがに名前は知っていたようだ。

同年代。同期受賞者。エロ部門と一般部門の違いはあれど、互いに意識し合うライバル関係なのは明らかだ。二人はこれから、下半期でもポイントを稼いで、年間イラスト部門総合一位を狙って競い合うのだ。

しかし、それだけではないことを、おじさんが教えてくれた。

「レーニャ先生は、絵だけじゃないんだよ。漫画家なんだ。月刊誌で連載されてて、ストーリー性も高く評価されてる」

「まーね♡」

レーニャは誇るでもない、肩を竦《すく》めるような楽な反応だ。

こんな幼い子がプロの漫画家だって⁉

到底信じられないが、しかし美悠羽も、頬に汗を掻《か》きながらも頷いている。

「マジかよ……！」

戦慄した。漫画家と言えば絵と原作で分けることもあるだろうに、こんな中学生くらいの子が両方一人でできているというのか。

「そう言えば」

とおじさんが、

「レーニャ先生、この前ウェブ小説のコンテストでも受賞したんですよね」

「あれね♡　気分転換で描いたラノベが、まさか一位取っちゃうなんてね～♡　他の投稿者よわよわ～♡」

この前のウェブ小説コンテスト⁉　ちょっと待て！　俺にも覚えがあるぞ、まさか、それって……！

「す、すみません、そのウェブ小説のコンテストって？」

「『第一回ＨＩＤＯＲＡライトノベル大賞』、だったかな」

「っ――」

俺は今度こそ絶句した。そのコンテストは、先日に俺と千里が勝負し、そして両者とも受賞を逃したタイトルだった。

俺は記憶を探り、一位大賞を取った作品を思い出す。

〈お隣のギャルに養ってもらう簡単なお仕事！〉

貝塚ほら吹き
あれ書いたの、こいつかよ！

「♡」

ロリ系ボイスに、小学生のように小柄な体格。

北欧系ハーフを思わせる日本人離れした美貌を持つ、ローティーンの幼い少女。

その可愛《かわい》らしい口から紡《つむ》ぎ出されるのは、しかし相手を煽り尽くす嗜虐《しぎゃく》的な言葉の数々。

〝貝塚レーニャ〟

イラストレーターで、漫画家で、ラノベ作家。

そう、彼女は。
俺と美悠羽、二人にとっての、因縁の相手なのだった。

Hahaoya ga ero-ranobe taisyou jyusyou site jinnsei tsunnda

ざーこ♡　ざーこ♡
ざこ童貞♡

貝《かい》塚《づか》レーニャ

Леня Kaiduka

profile

年齢： 15歳

身長： 145cm

体重： 45kg

スリーサイズ： 90/55/80（Gカップ）

好きなもの： 子犬

嫌いなもの： 嘘の笑顔

「2021年上半期：美少女作品アワード」にて、一般イラスト部門1位を受賞した新進気鋭の漫画家。画力のみならず、ストーリー性も高く評価されている。ロシア系の血を引いているらしく、年齢にそぐわない見事なスタイルの持ち主である。

CMYK 母親

第二章『もう俺には妹のケツしか見えなくて人生詰んだ』

外では殺人的な太陽光線のもと、蝉《せみ》しぐれが降り注ぐ。

夏休みを目前に控えた休日、家ではクーラーをガンガンに利かせなければならなかった。

妹の部屋は、カーテンを閉じて薄暗くなっていた。ディスプレイのわずかな光に照らされる美悠羽《みゆは》は、その美貌を歪《ゆが》め、頭を抱えて懊悩《おうのう》している。


「か、描けない……っ！」


昼食をどうするかで部屋を訪れた俺は、唖然とする他ない。

記憶にある美悠羽の部屋は、西洋アンティーク調の調度品を中心とした優雅な内装だった。少女にありがちな、壁に男性アイドルのポスターが貼ってあったり、可愛らしいぬいぐるみが置いてあったりなどは一切ない。近代西洋のお姫様の部屋に迷い込んだような錯覚をもたらし、わずかに混じった絵に関する資料や画材、液タブ、コピー機、学校関係のものが、ここが現代だと思い出させてくれた。

しかし今――。

美悠羽の部屋に散乱しているのは、プリントアウトされた、現代サブカル的なデジタルイラストの数々だった。

美悠羽の最も得意とする、萌《も》え系美少女のイラストもある。乙女受けするだろうイケメン絵もある。はたまたぬいぐるみのようなマスコットキャラや、ファンタジー作品に出るような怪物、さらにSF的なロボットまで。

あらゆる分野のイラストに挑戦してみた、というのが俺にも一目で察せられた。

なぜ美悠羽がそんなことをしているのかも、おおよそ推察できる。

「まともなのは家族ものだけ、って言われたのが、そんなに悔しかったのか」

貝塚《かいづか》レーニャ。あの挑発的な少女と対峙《たいじ》した授賞式から、およそ一週間が経《た》っている。

あの日、俺たちはもっと言い返せたはずだった。しかし結局、消化不良のようなモヤモヤを抱えての帰宅を余儀なくされた。

美悠羽はとくにイライラした様子で、以来、部屋に籠もることが多くなっていたのだが

……こんなにたくさんイラストを描いていたとは。

俺は部屋に散乱しているイラストをいくつか拾い上げ、明るいところで見てみる。

悪くない。というより、素晴らしい出来だ。これでどうして満足できないのか、俺には

さっぱりわからない。

だが、プロレベルとなると違いがわかるのだろう。業界最高峰が集まったあの場での周囲の反応や、美悠羽自身が反論できず、こうして手当たり次第に様々なジャンルのイラストを描いていることからも、想像できてしまう。

レーニャの指摘は決して的外れではなく、じつは美悠羽のイラストレーターとしての弱点を的確に見抜いていたのだ。

美悠羽はストーリー性がある絵や、家族キャラ以外のイラストは苦手——。

苦手と言っても充分プロで通用するレベルのはずだが、トップオブトップの世界では認められないらしい。

『まともなイラストが描けるようになったら、連絡してこいよ♡』

と名刺を渡して、レーニャは勝ち誇ったように去っていったのを思いだす。

あのあと、俺たちはレーニャが受賞した一般イラスト部門のコーナーを観に行ったが、悔しかった。ダークな作風だが、レーニャのイラストはめちゃくちゃうまい。

とくに、レーニャの出世作となったというイラストは、格別の出来だった。

薄汚いスラム街で暮らしているような孤児が、裕福で幸せそうな親子を、なんとも言えない複雑な表情で眺めている……。宿っている感情は、嫉妬でもなく、憧れでもない。怒りでもなく、悲しみでもない。あるいはそのすべてが宿っている。

格差。乗り越えようのない絶対の差異に直面し、上にいるものをただ眺めるしかできない無力感。目を逸《そ》らせばいい、泣きたいなら泣けばいいのに、それすらできない不遇の子ども……。

タイトルは『名無し』だった。

信じられない。到底、中学生に描けるような絵ではない。

おまけに、レーニャは漫画家でもあり、ラノベ作家でもある。この一週間、俺は彼女の作品をいくつか読んだが、確かにストーリーも面白かった。

彼女は明らかに、今の俺たち霜村兄妹《しもむらきょうだい》より〝上〟だ。

「……美悠羽、そろそろ昼飯だぞ」

「！　兄様、いたのですか」

気づいていなかったのか。俺も執筆に集中すると周りが見えなくなってしまうが、美悠羽も相当だな。しかしその憔悴《しょうすい》した顔を見ると、やはり息抜きは大切なのだと思い知る。

「根を詰めすぎだ。昼休憩を取るぞ」

「し、しかし、わたしはこれでは満足できません。もっと、もっと描けるはずなんです」

俺も散々ラノベで批判されてきたが、些細《ささい》な指摘でも相当応えるときがあり、癒えない傷のようにずっと心に残るものもある。美悠羽の気持ちも少しは理解できるつもりだ。

けれど、

「焦《あせ》ったって仕方ねえよ」

今は、そう思える。

「俺だってさ、作家としてあいつに負けてるわけだから他人事《ひとごと》ではいられねえ。でも、お前も、俺も、きっとまだまだ成長途中なんだ。レーニャは早熟なのかもしれねえけど、俺たちは無理して背伸びするより、足元をしっかり固めたほうがいいんじゃねえか」

自分で言っておきながら、随分大人なセリフだと思った。妹の前では俺も、見栄《みえ》を張ってしまうらしい。正直悔しくて、レーニャに勝ちたいと思っているのは、俺だって同じなんだ。

いつか必ず、あいつの鼻を明かしてやる。

だがそれよりも今は、

「メシだメシ。いくぞ、美悠羽」

「……はい、兄様」

ふう、と小さく息をついて、美悠羽は椅子から立ち上がった。

階段を下りて居間にいくと、美礼《みれい》がこちらに気づいた。その手には一通の封筒が握られていた。

「あ、美悠羽ちゃん、通知が来てるわよ。特待生関連の」

「拝見します」

美悠羽は封筒を受け取り、ダイニングテーブルに着きつつ中を検《あらた》める。

一枚のA4紙を広げると、美悠羽の目が見開かれた。

「こ、これは……！」

「なんだ？」

テーブルに頬杖《ほおづえ》を突きつつ、俺はそう聞いた。

「次の最終試験に関する通知でしたっ……！　その内容が……！」

「内容が？」

「——ストーリー性のある一枚絵、の提出と……っ！」

「なっ……！」

狙い澄ましたような、随分タイムリーな試験内容だった。

選《よ》りに選って、美悠羽の苦手分野だと——。

美礼は口元に手を当てて、

「この前の授賞式でも、そういう話題が出たのよね？」

とのんびりしているが、俺はそんな呑気《のんき》な話だとは思えなかった。

「偶然にしては出来すぎてるだろ。美悠羽、ちょっと見せてくれ」

Ａ４紙を受け取ってザッと流し読みする。これでも文章に関する目敏《めざと》さは鍛えられているほうだ。俺はすぐに気になる点を見つけた。

「責任者のところに、貝塚って苗字《みょうじ》の人がいる。まさかレーニャの親類とかじゃねえだろうな」

貝塚レーニャとは本名だとネットに情報が載っていた。珍しい苗字だ。それが同じということは……。

「全国的にも貝塚姓は決して多くはないと思います。兄様の言うとおり、偶然にしては出来すぎているかと」

「そんな！　美悠羽ちゃんがイジワルされてるっていうこと⁉」

もし本当にそうなら、イジワルなんて可愛《かわい》い表現には当たらない。なんて卑怯《ひきょう》なやり方だ。これは抗議行動に値するだろう。

「そうだ、授賞式でレーニャに名刺もらってた。電話してみる」

俺は一旦自室に戻ってから、名刺入れを手にリビングに戻ってきた。スマホを使い、レーニャの名刺に載っている番号に電話する。スピーカー状態でみんなにも聞こえるようにしつつ、受け答えは俺がすることで示し合わせる。

レーニャはややあって電話に出た。

『うざっ♡　誰だよてめー♡』

「くっ……！　開口一番にそれかよ……！　お前、もし俺が出版社のお偉いさんだったらどうするつもりだ⁉」

『寝言いってんじゃねー万年平社員♡　ずっと窓際《まどぎわ》でハゲ散らかしてるだけのお荷物が♡　夢見てんじゃねーぞ♡』

「あ゛、あんっ⁉」

この野郎っ、相手が誰かもわからねえうちから全力で煽《あお》りやがって！　言い返してやる！

「残念でしたーっ、俺は学生なんで会社員ではありましぇーんっ」

『てめーが会社員だろうが学生だろうが、社会に居場所がねーことに変わりはねーんだよ♡ボッチ♡』

「お前マジでぶっ殺すぞ！」

『鼻息荒くしてキモーい♡　こんな子どもに興奮しちゃうんだ♡　さいてー♡』

野郎ぉおおっ！　俺をここまで怒らせたのはてめえが初めてだぜクソがぁあああっ！

「に、兄様っ、落ち着いてくださいっ！」

「そうよハルくん、ひっひっふーよ！　ひっひっふー！」

妹と母親になだめられ、俺はどうにか怒りを押し止《とど》める。

「ふぅー、俺としたことがつい熱くなっちまったぜ……。ガキを相手にするのも大変だ」

『リアルだとチー牛のくせに♡』

「うまいだろうが三色チーズ牛丼はよぉ！」

兄様っ、ハルくんっ、と服の裾を引っ張られ、今度こそ俺は「ハッ⁉」と我を取り戻す。

「貝塚レーニャだな？　俺だよ、この前の授賞式で言い合いになった、性なる三角痴態の……友人の」

友人だなんて、レーニャはすでに見抜いていたみたいだったから、無駄な誤魔化しかもしれなかったが、

『知らねーよバカ♡』

「さすがにそれは覚えてろよ！」

違う意味で無駄な誤魔化しになってしまった。

俺は散々に煽られながらも、どうにか主旨を伝える。

そう、美悠羽の特待生枠の最終試験。その内容がピンポイントで狙われたように、『ストーリー性のある一枚絵』を要求されたこと。さらに責任者に貝塚姓の人物がいること。

これらの一致は偶然で片付けるには出来すぎている。

「お前が裏で働きかけたんじゃねえのか⁉」

しかしレーニャの反応は予想外で、

『だから知らねーよバカ♡』

と平然と言うのだった。

……何？　ホントに偶然なのか？

だがさすがにまったくの偶然というわけでもないらしい。

『あっ、そうか』

と煽った口調でもなく、レーニャは何か思い当たったようだ。

『理事長が僕ちゃんに影響されたのかも。僕ちゃんってば、絵にストーリー性は必須ってよく言ってるからね』

……なるほど。その理事長と、責任者の貝塚某《なにがし》は、あるいは同一人物なのだろう。そしてレーニャとも繋《つな》がりがあり、そこから影響が出たのか。しかし試験の内容に関してはレーニャが意図したものではなく、あくまでも理事長の判断らしい。

とはいえ、さらに疑ってかかることはできるが、

『でもどうでもいいよね♡　本物のイラストレーターならどんな絵でも描けるもんね♡』

そう、本物ならね♡　とレーニャは引き続き煽ってくる。

スマホはスピーカー状態にしてあるから、当然、美悠羽にもその声は届いている。

「くっ……そのとおり、ですっ……」

小柄な美悠羽は華奢《きゃしゃ》な肩を震わせ、小さな拳を握りしめていた。

これは、美悠羽の戦いだ。俺や美礼は家族として力になってやりたいが、美悠羽自身が
このテーマで勝負を受けるというなら、これ以上の抗議活動は意味がない。

わかりました、と決意したように美悠羽は口にした。

「ストーリー性のある一枚絵。必ず、立派なものを描いてみせますっ」

覚悟を口にした妹に、霜村家はしかし次の瞬間に硬直させられた。

『――ちなみに僕ちゃんもその試験受けるから』

えっ。

『今年の合格枠は一人だけって理事長も言ってた♡　合格は僕ちゃんがいただきっしょ♡　じゃあね～、ざぁこ♡』

腹立たしい捨て台詞《ぜりふ》を吐いて、レーニャは通話を切った。

◇　◇　◇

俺もテーブルに置いていたスマホをポケットに戻し、さてどうするか、と鼻で息を吹く。

「状況を整理しよう。レーニャの最後のセリフが事実なら、今年の都の美術特待生枠は一人だけってことらしいが、毎年そんなに少ないのか？　俺の記憶だと数人いるように聞いていた気がするが」

「全体の合格者は毎年五人です。あの子が言っていたのは、おそらくいくつかある分野のうち、絵画枠の話かと」

一口に美術と言っても、彫刻や陶芸、写真、あるいは書道なども含まれる場合がある。

「もう最終選考だから候補もかなり絞られてて、おおよそ目星がついてるのか。それで理事長とやらが、今年の絵画で合格するのは一人だと情報を漏らしちまったわけだな」

面と向かって説明があったのか、あるいはレーニャが立ち聞きしたりで偶然知ったのかは不明だが、いずれにせよ極秘事項だろう。便宜的に貝塚理事長と呼称するが、相当レーニャと近しい関係に違いない。苗字が同じことからも、やはり親類と見るのが妥当か。

「試験では貝塚理事長がレーニャを贔屓《ひいき》する可能性もある」

「さすがにそこまでアンフェアだとは思いたくありませんが……」

美悠羽が表情を曇らせる。特待生枠がコネで決まるなんて言語道断だが、世の中には裏口入学などがマジで存在していて、たまにニュースになって世間を驚かせている。レーニャがいわゆる上級国民だとしたら、相当不利な戦いになるかもしれない。

けれど、

「そうかしら？」

と美礼は少女のように小首を傾《かし》げていた。

「さすがに、特待生に値する作品を提出できれば、合格できると思うわ。選考委員も貝塚理事長って人だけじゃないと思うし。何より、優秀な人材を落とすのは本末転倒だもの」

「……正論だな」

うちの母親は時々ぴしゃりと正鵠《せいこく》を射る。伊達《だて》に最大手の新人賞を取った作家ではない。

「そもそも俺たちは憶測に憶測を重ねた話をしていた。これ以上は無意味だな」

結局、やることは変わらない。俺としてもストーリー性でレーニャに勝ちたいし、美悠羽に特待生枠を獲得させたい。

「協力するよ、美悠羽。レーニャの鼻を明かしてやろうぜ」

「お母さんも、もちろんお手伝いするわよ！」

美礼は本物の人気プロ作家だし、俺だって少しずつ成長してきた。イラスト化を意識したストーリーを創作できれば、俺も一皮むけるかもしれない。一石二鳥だ。

家族みんなで協力すれば、きっと美悠羽もストーリー性の優れた絵を描けるだろう。

兄と母、二人に励まされ、美悠羽はふっと微笑《ほほえ》んだ。

「ありがとうございます、二人とも」

そうと決まれば、さっそく対策会議だ。俺たちはそう言えば昼食のために集まったことも忘れて、ダイニングテーブルで向かい合った。

「ええと、美悠羽の得意分野は、まず若い女性を描くことだよな？　で家族ものが得意。ということは母・姉・妹・従姉妹《いとこ》なんかだと、最高のパフォーマンスを発揮できるってわけか」

「息子・兄のイラストも素敵よ♪」

美礼が楽しそうに補足してくる。俺は半眼になって「はいはい」と受け流した。

「ともかく、じゃあ今回も家族もので勝負しよう。ギリ神のイラストやシスエリの一枚絵は、ストーリー性がよく表現できてるって話題だったんだ。レーニャだってそこは認めてた。その方向でいけば、きっと合格できる」

「ええ、また家族で協力して、美悠羽ちゃんが最高のイラストを描けるように頑張りましょう！　ね、美悠羽ちゃん！」

「――いえ、今回は家族もの以外で勝負します」

「なっ」

俺は思わず腰を浮かせた。

「なんで、わざわざ得意分野を捨てるんだよ⁉」

「そうよ美悠羽ちゃん。何も意地にならなくても……」

「意地になってなどいません。わたしは家族もの以外だって描けます」

いや、それを意地になってるって言うんだよ。こいつ、普段はお嬢様の仮面を被《かぶ》っているから控えめでお淑《しと》やかに見えるけど、実際は負けず嫌いで頑固だからなぁ。

そう言えば何年か前にも、イラストで負けて意地っ張りになったことがあったっけ。美悠羽がまだ小学生の頃で、相手は大学生だったのに、「負けてませんからっ」とむくれて、ご飯を食べることも忘れて絵ばかり描き続けていた。あのときは子どもだったからしょうがなかったが……。

「美悠羽、ここは意固地になる場面じゃないと思うぜ。もう少し大人に……」

「描けますから！」

ぷくぅ、と頬を膨らませている美悠羽。これはもう、こいつの中での決定事項なんだろう。外野があんまり言うと逆効果かもしれない。

レーニャに三流呼ばわりされたのが、そこまで悔しかったのか。

しょうがねえなあ。俺は美礼と目を合わせて、首を竦《すく》めた。

「家族もの以外で、なんとかするか」

苦手分野はいつか克服しなければならないとはいえ、締め切りが迫っている今、それに挑戦するのはリスクが高いが、やるしかなさそうだ。

俺は脳内で、ここまでの条件を整理した。

絵師は美悠羽。

得意分野は若い女で家族もの。それならストーリー性の表現も充分担保できる。

苦手なのは非家族およびそのストーリー性の表現。

テーマはしかし苦手分野に真っ向から挑戦するような『家族もの以外で、充分なストーリー性のあるもの』。

締め切りまで残り約一ヶ月。

作品に求めるレベルは〝天才〟貝塚レーニャと同等かそれ以上。

時間がない中で、なかなかの難題だ。しかし、

「閃《ひらめ》いたぜ」

パチン、と俺は指を鳴らした。将来を約束された俺の作家性（自称）が、画期的なアイデアを導き出したのだ。

……が、俺はすぐにそれを後悔することになった。

◇　◇　◇

「はい、ハルくん、あ～ん」

新鮮な苺《いちご》の果肉にしっとりとしたソフトクリーム、そしてストロベリー系の濃厚ソース

が掛かった、見るからに美味《おい》しそうなパフェ。その一部をスプーンで掬《すく》った美礼が、俺の口元に差し出してくる。

七月下旬　店外のロッジスペースにはエアコンが届かず、パラソルくらいはあるが、なるほど冷たいものでも食べていないとやっていられない。しかし俺の頬がピクピクと痙攣《けいれん》しているのは、暑さが原因では決してなかった。

「ほら、どうしたのかな、ハルくん？　早く食べないと融《と》けちゃうわよ？」

「ぐぅ……！」

「何も恥ずかしがる必要なんてないでしょう？　だって私たち——義理の関係で、恋人同士なんだから」

「くそっ、わかったよ！」

俺はヤケクソになって食いついた。とても恋人同士のイチャイチャではなかったが、それでも美礼はくねくねして、

「いやーん、ハルくんがあ〜んしてくれたぁ！　可愛ぃぃ〜！」

心底嬉《うれ》しそうな黄色い声を上げている。周囲の人たちまで何事かと視線を向けてくるくらいだった。恥ずかしすぎる……っ！

「うふふ、じゃあ今度はハルくんが、お母さんにあ〜んしてくれる？」

あ〜ん、と口を開く美礼。

「ふざけっ、調子乗るなよっ！　どこの世界に母親にあ〜んさせる息子がいるんだよ！」

「子どもの頃はハルくんのほうから……」

「何年前の話だ⁉」

「今でも、大丈夫よ、義理で、恋人同士なら、何もおかしくはないわ」

うんうん、と美礼は頷《うなず》いている。

「私たちはたまたま戸籍上は家族になっているけれど、その垣根を越えた、運命の赤い糸で繋《つな》がっているの！　何をしても近親相姦《そうかん》にならない！」

「いやさすがにアウトでは」

「さすが私の息子は天才ね！　ハルくん、だーい好き！　ほら、あ〜ん」

ちくしょう、最強モードかよこいつ！　何やっても許されると思ってやがる！

「何より、これはすべて美悠羽ちゃんのためでしょ？」

「っ……！」

そう言われると弱い。俺は同じ丸テーブルに座る妹を見た。美悠羽はスケッチブックを手に、俺たちの様子を見ながらサラサラと鉛筆を走らせている。

そう、これは美悠羽のための取材協力なのだ。家族なのに家族じゃない関係、それでいてストーリー性があり、美悠羽が最も実力を発揮できる題材……とくれば、義理の家族だけど恋人同士でどうだ、と思いついたのが運の尽きだった。

「くそ、確かに俺が言い出したことだっ……やってやるぜ！」

俺はスプーンを手にパフェを掬い、美礼の口元に持っていく。

美礼は子女のように頬を染め、あ〜ん、と口を開けて食《く》らいついた。

「ん〜っ！　おいひぃ！」

くねくねしている。死ねェ……！

「ほらほらハルくん、次はカップル用イチャイチャストローでドリンクを飲みましょ！　ハート形にくびれて、二人で一緒に飲むストローだよっ。うふふっ」

「なっ、こんなもんまであんのかよ、このカフェっ……！」

カップルに人気のカフェですので、と美悠羽が補足説明。バッチリなところ選んでくれちゃってさすが如才ねえ妹様だよ！

店内および店外のロッジスペースでは、確かに若いカップルがたくさんいる。

そんな中に混じって、俺は母親と向かい合い、吸い口は二つのストローに口をつける。

必然、俺たちの顔は近くなる。下手したら息が相手に当たるような至近距離だ。それで互いの顔を正面から見ながら、一つのドリンク（ベリー系のオシャレなやつ）を一緒に吸うのだった。すぐ目の前にいる美礼はすっかり赤面し、完全に恋した女の顔になっている。母親だぞこれ！

「兄様、耳まで赤くなっていますね……」

「そっ、そんなわけねえだろ！」

美悠羽に指摘され、俺は慌てて距離を取った。汗をびっしょり掻《か》いて、体が熱くなっているのは、夏だからだ。

まったく、我ながらとんでもないアイデアを思いついてしまったものだ。さっさと家に帰りたい。

すでにグロッキー状態の俺だったが、カフェを出てからも美礼の猛攻は続いた。

街中をいくとき、当たり前のように俺の腕を取り、絡《から》めてくる。上半身をしなだれかかるように密着してくる。当然、豊かすぎる美礼の胸に俺の腕が当たってしまう。夏。俺はTシャツで腕は剝《む》き出し。美礼も薄着で、体温が伝わってくる。固いブラの向こうに柔らかいものが。

「おいっ離れろ！　暑苦しいだろ！」

「いやんっ、今日はハルくんとずっと一緒にいるのよ！　サービスデーなの！」

「何がサービスデーだ！」

引き離そうとする俺、縋《すが》り付こうとする美礼。

すれ違う人々が向けてくる視線は、完全にバカップルを見るそれだ。居たたまれなさすぎて激しく死にたい！

しかし美悠羽のためだ。これで特待生枠を獲得できるなら安いもの……そう自分に言い聞かせる俺だが。

美悠羽はスケッチブックに走らせていた鉛筆を止め、なんだか羨ましそうな表情でこちらを窺《うかが》っていた。

「ど、どうした美悠羽……？」

「美悠羽ちゃん？」

「っ――」

美悠羽はスケッチブックを仕舞い込むと、さっと俺の腕を取った。美礼とは逆側で、俺は両手に花のような状態になる。

「わ、わたしともデートしてください！　やっぱり自分で体験するのが一番だと思いますので！」

「なっ！」

「うふふ、ハルくんはモテモテね！　お母さんも鼻が高いわ！」

いや家族にモテモテになっても！　嬉しくねえよ！

俺はやはり両手に花の状態で歩道を進んだ。右側の美礼は柔らかく包み込むような感触を伝えてきて、左側の美悠羽は未発達の痩せた体ながら柔らかいところは柔らかく……って何実況してんだ俺は!?

「あっ、ハルくんプリクラがあるわよ！　一緒に撮りましょう！」

「いいですね。では母様とわたしとで交互にツーショットを撮るということで」

「三人家族でいいんじゃねえの!?」

「兄様、それでは恋人っぽくならないじゃないですか」

これも取材ですよ取材、と美悠羽に言われてしまったら、協力を約束したこちらとしては無下にできなかった。

結局俺は母と妹、二人と交互にツーショットプリクラを撮る。二人とも、ここぞとばかりに激しく密着してきて、夏の火照《ほて》った体が……いやだから何を実況してんだ俺は！

俺は家族であることを印象づけるように、最後にはやっぱり記念に三人で撮影し、両手に花の状態でも記録を残すのだった。

はあ、こんなところ学校の誰かに見られでもしたら最悪……。

そう思いつつゲーセンから出たところ、べちゃ、と近くでアイスが落ちた。

「何してんの霜村……」

「りりりり凜夏《りんか》っ⁉」

私服姿の彼女がそこにいた。サーティワンかどこかで買ったようなコーンを手に持っていたが、先ほどアイスを落としたのは凜夏らしかった。

「何してんだこんなところで⁉」

「あ、あたしは……いつかあんたとデートするときの下見を……じゃなくて！　あんたこそ何してんのよ⁉　家族とまるで恋人みたいに⁉」

「ちちち違うんだ、これは！　誤解だ！」

俺はまるで浮気《うわき》現場を見つけられたみたいなリアクションを取ってしまいながら、両腕に絡みつく女家族をふりほどき、凜夏にざっくりと説明した。

「つまり、三角痴態のために取材してるんだよ！」

凜夏はあの授賞式でレーニャを見ていたので、理解は早い。一応美悠羽が三角痴態であることはボカしたが、チラリと美悠羽を見たので、どうやら察した様子だった。

「なるほどね、それで義理の関係って設定でラブコメ取材なんだ」

「そう！　そうなんだよ！」

ふぅーやれやれ、と俺は額の汗を拭う。誤解されなくて良かった。

しかし一方で凛夏は、

「じゃ、じゃあ、あたしが霜村とデートするのが一番じゃない!?」

と謎発言。

「なんで!?」

いや好きな女子とデートできるのは嬉しいんだけども！

「か、勘違いしないでよね！　あたしも取材に協力するってこと！　ほら、このあいだは霜村があたしのラブコメ取材に協力してくれたでしょ！　あのお返し！」

「ああ、あれは……」

何気に律儀《りちぎ》なところがあるからな、凛夏は。でもあの取材だって、元々俺の取材を手伝ってくれたお返しだったんだから、すでに貸し借りは精算されたはずなんだけど。

「瀧上《たきがみ》さんとラブコメ取材？　どういうことですか兄様」

美悠羽はじとーっとした冷たい視線で睨《にら》み上げてくるが、美礼はノリノリだ。

「そうね！　みんなでわいわい楽しんだほうがいいかも！　ここはぜひ凛夏ちゃんにも協力してもらいましょう！」

「あ、ありがとうございます、お母様！」

……凜夏、お前、なんでうちの母親に対してはいつもそんなにペコペコしてるんだよ。

「でもやっぱ冷静に考えておかしくね？　この流れ」

「ラブコメ取材って何をしたんですか、兄様」

「さあ次はデパートに行きましょう！　誰が美悠羽ちゃんの一枚絵のヒロインに相応《ふさわ》しいか、ラブバトルしましょう！」

「はい、お母様！」

……ダメだ、誰も俺の話を聞いてねえ。

美礼が俺の右腕を取って引っ張り、左からは美悠羽が「どういうことですか」と不満げに引っ張ってきて、半歩遅れて凜夏がついてくる。

カオス全開の周囲の女性陣に、俺は「あ～」とゾンビのような声を出す。

俺のＨＰはすでにゼロなんだが、死体蹴りが趣味なのかこいつらは。

◇　　◇　　◇

そして総合百貨店に入ると、さすがに夏ものが目立つ。美礼が気になっているのは水着コーナーのようだ。俺は嫌な予感しかしないのだが。

「そう言えば今年の水着を買っていないわね。最近はずっとインドアだったから、すっかり忘れていたわ」

作家の仕事で家に引きこもりがちだったはずだからな、うちの母親は。少し季節感がズレてしまっていたのだろう。

「そうだわ！　ここでみんなで水着を買って、今日はプールに行きましょう！」

また余計なこと思いつきやがって！

「いいですね、さすが母様です」「素敵です、お母様！」

美悠羽も凜夏も激しく同意してくる。俺の拒否なんて絶対に許されない雰囲気だ。

「それじゃあハルくん、お母さんの水着を選んでくれる？　うふふ」

ほら来た！　絶対言うと思ったよ！

「兄様、わたしのも選んでください」

「し、霜村！　あたしの水着を……え、選んだからって、あたしがあんたの女になるわけじゃないんだからね！　か、勘違いしないでよ！」

三人の女性からぐいぐいと引っ張られてしまう。これが凜夏のみとのデートだったら俺も初心《うぶ》な反応ができたんだが、うち二名が家族とあっては、俺は死んだ魚の目になってしまう。

女性ものの水着を選ぶとか、ホント勘弁してくれ。いろいろ想像しちまうんだよ！

水着コーナーで物色を始めると、さっそく若い女性の店員が飛んできた。

「どーもぉ！　この道三年のファッション好き女子です！」

お茶目な敬礼をしてくる。元気なお姉さんだな。

「趣味はオシャレ！　誕生日は十二月八日！　特技はジャンケン勝負！　最終学歴はファッション系の短大卒で、昨年の年収は三百万円でした！　現在恋人はいません！　募集中！」

聞いてねえしどうでもいいよ。

「求める男性のタイプは……すみません、ソシャゲに課金さえしなければそれでいいんで……もう、はい……」

元彼となんかあったの⁉

「店員さん、オススメはあるかしら？」

美礼が愛想《あいそ》良く訊《き》くと、店員さんは一つ頷《うなず》いた。

「もちろん、ございます。今年のトレンドは明るい系でフリルのついた可愛《かわい》いものが売れ筋でして、当店のオススメはこちらの高級素材を使った……」

おい高いやつ買わせようとしてるぞ！

「在庫も豊富に取りそろえてありまして……」

売れてねえじゃねえか！　在庫処分させようとしてやがる！

「あ、でもこれは大胆でセクシーね♪」

美礼が指さしたのは、某ＲＰＧに出てくる『あぶない水着』みたいな過激なものだった。布面積が極端に少ないうえに、穴あきだったりヒモがぐるぐる巻き付くような扇情的な仕様である。そんなの現実じゃ誰も着ねえだろ⁉

「母様、大胆……！」「お、お母様、それはさすがに……！」

美悠羽や凜夏もドン引きしている。それほどに『あぶない』水着なのだ。

しかし店員さんはノリノリだ。

「さすがお目が高い！　当社の専属デザイナーによる最高の一品でして、ヤバすぎて誰も買わな……げふんげふん」

やっぱダメだ！　ヤバすぎて誰も買わねえやつだ！

「販売員のわたしとしてもデザイナーの頭がおかしすぎて売る気が起きな……げふんげふん」

そこは頑張れよ仕事だろ⁉

実際店員さんは頑張って、引きつった営業スマイルを美礼に向ける。

「でもこんな水着を着れるのは若いうちだけですからね。いかがですか?」

「えっ、それってつまり、私が若く見えるっていうこと?」

「? こちらの少年のお姉さんでは? え、違う? 失礼ですがどういったご関係で? お年を訊いても?」

……また始まったよ、このやり取り。俺の人生で定期的にあるからな、これ。

「じつは……ゴニョゴニョ」

「ええええええええええええええええっっ⁉」

だからもういいよ! これまで俺の人生で何回このイベントくり返されたと思ってるんだよ!

「とにかく母さん! そんな過激な水着でプールにいけるわけないだろ⁉」

軽くスマホで調べておいたが、プール日和の今日だ、近所のレジャープールは軒並み入場者が超過状態。もはや小学生や老人しかいかないような市民プールしか空いていない。それで『あぶない水着』なんて装備していったら親御さんがビックリしちゃうだろ。

「でも試着だけでもしていこうかしら♪」

美礼が平然と手に取っている。店員が九十度頭を下げた。

「お買い上げありがとうございます！」

「あんたは黙ってろ！　絶対買わせねえからな！」

「か、母様がそんな過激な水着を着るのなら、わたしも……！」

「ええっ、みんなあれでいくの……⁉　だったら、あたしだってそうしないと……！」

美悠羽や凜夏までが、ヤバい水着を物色し始めてしまった。

「フォロワーになってんじゃねえ⁉　お前らも止めてくれよ⁉」

しかし俺の叫びは届かず、女性陣三人はそれぞれの過激な水着を手に、試着室に入っていく。そしてカーテンから首だけ出して、そこで待っているようにと俺に告げるのだった。

よっしゃ、とガッツポーズする店員の横で、俺は愕然《がくぜん》とするしかない。

カーテンの向こうからはそれぞれ衣擦《きぬず》れの音と、

「うふふ、思ったよりエッチな水着ね。これでハルくんも喜んでくれるわ！」

「こ、こんなのを着ているのを学校のみんなにバレたら……淑女としての尊厳が……！」

「これ、どうやって着ればいいのよ……⁉　スカスカすぎるんですけど……！」

それぞれの声が聞こえてくる。

俺は激しく逃げ出したかったが、ちゃんと止めてやらないとマジで買ってしまいそうだ。

俺があいつらの目を覚まさせてやるしかない！

——結論から言うと無理だった。

まず最初にカーテンを開けた凛夏の時点で、俺の脳みそは沸騰した。

「ど、どう……？　霜村」

「ぶはっ！」

俺は鼻血が噴き出そうになった。

凛夏のそれは水着というより、下着に近かった。いわゆるブラジリアンビキニというやつで、トップスの胸のカップは肌色のためにシースルーに見えるなど、大胆を通り越して痴女の領域だ。ボトムスも恥骨の辺りまで下がっていて布面積が少なすぎる。

「お前、頼むから二度と人前でそれ着るなよ……」

「えっ、そ、そんなに似合ってないっての⁉」

「ちゃんと鏡見たのかよ⁉　セクシーすぎてヤバすぎるんだよ！」

「か、鏡？」

凛夏は着ることに夢中だったのか、自分ではあまり確認しなかったらしい。試着室内の姿見で自分を見ると「きゃああああああっ！」と絹を引き裂くような悲鳴を上げた。

そしてカーテンから首だけ出してくる。

「み、見たわね霜村⁉」

「お前から見せてきたんですけど⁉」

「こ、これじゃあもうお嫁にいけないじゃない……あ、あんたに責任取ってもらうしか……！　ってあたしのバカ……！」

「に、兄様……次はわたしですっ……」

真ん中の試着室から、美悠羽が姿を現した。恥ずかしそうにモジモジしている。

いわゆる天使のレオタードで、水着というよりコスプレに近かった。ぴったりと肌に張り付き、美悠羽のほっそりとしたスタイルの良さを引き立てている一方、胸の谷間はハート形に空き、下乳の辺りも開いている。下半身はハイレグの限界ギリギリ。

可愛い、かつ性的な魅力を全開にした、頭のおかしいデザインだ。

「妹のそんな姿を他人に見られて堪《たま》るか！　絶対ダメだからな！」

「……に、兄様が顔を真っ赤にして、わたしを見ている……！　ふ、ふふふ、ポイントはしっかり取れたようですね……！」

美悠羽は赤面しながらも、どこか嬉《うれ》しそうだった。

「ハルく〜ん！　いくわよぉ！」

うげっ！　ついに一番の問題児が声をかけてきた。俺はダッシュで逃げたかったが、それよりも早く、シャッとカーテンが開かれる。

「うふふ、どうかな、ハルくん?」

恥ずかしそうに姿を見せる美礼だが、そんなあどけなさは衣装の大胆さとはあまりにもアンバランス。

それは黒い帯を巻き付けただけのようなデザインだった。当然、露出は限界ギリギリで、美礼の白い肌は見えまくり。下乳も横乳もはみ出てしまっている。ボトムスはいわゆるマイクロビキニというやつで、ほとんど大事なところを隠しているのみ。なのに、無駄なヒモや帯は伸びていて、その分の布面積をもっと大事なところに振り分けろと突っ込みたくなる仕様だった。

美礼、美悠羽、凜夏。いずれの水着も、デザイナーの頭のおかしさがダイレクトに伝わってくる。着たやつも着たやつで頭がおかしいのだが。

そんなものを見せつけられ、さらに美礼がこう言ってくるのだった。

「さあ、あなたの好きなヒロインを選んでね☆」

俺の答えは一つだ。

「お前ら暴走してんじゃねぇえええええっっ‼」

店員が涙の拍手喝采を上げるなか、少年の魂の叫びが、フロア中に響き渡るのだった……。

◇　◇　◇

脳の血管がぶち切れそうな水着選びを経て、ようやく俺たちはデパートから出た。

俺はもちろん帰りたかったが、次の行き先はやはり小規模な市民プールだ。25メートルが一つあるきり。公立校のそれに近い。入水料《にゅうすい》も激安だったからいいだろう。

オンボロの更衣室でさっさと着替える俺だが、隣の女子更衣室から声が聞こえてくる。

「お母様、すごい……！」

「あら、凜夏ちゃんもスタイルいいわねぇ、胸も大きくて」

「ひゃんっ⁉　お、お母様、触らないでくださ……きゃんっ！」

「二人とも、少しくらいわたしに分けてくれても……ぐぬぬ」

……心臓に悪い会話をしているようだ。俺はすぐに出ていった。

入口でシャワーを浴びてプールサイドへ。外から窺《うかが》ったときと印象は同じで、やはり古びた小さいプールに、幼児から小学生くらいの子どもたちがはしゃぎ回っている。親や祖父母と思われる大人たちも少しいたが、今どきの若い子って年代はなかなか見当たらない。

しかし間もなく、子どもたちが出入口のほうを見て「おお～っ」と謎の声を上げた。振り向いてみると一瞬で俺も理解した。こんな所帯じみた場所には似つかわしくない、華やかな女性陣が姿を現したのだ。

買うときに、水着はまともなものにするよう言いつけたが、俺は結局途中で刺激が強すぎて脱落したから何が選ばれたのかはわからない。だから振り向く際には最悪の想像をしてしまうが……かろうじて女性陣は常識的な水着に落ち着いてくれたようだ。

美礼は客観的に見ても、グラビアモデルすら裸足《はだし》で逃げ出すような圧倒的なスタイルを持っていた。長い手足に、きゅっと引き締まったウエスト、そして大迫力のバスト。それらを彩《いろど》る、落ち着いた大人の水着と上品なパレオが、より一層美礼をセクシーに見せている。

対照的なのはまだ中学生の美悠羽だ。背伸びしすぎない可愛《かわい》らしいビキニで、長い銀髪をお団子にまとめている。まだ発育途上で胸こそ小さいものの、均整の取れたスタイルは目に映える。同年代のJCモデルなら悔しさに歯がみするだろう絶世の美貌だ。

そして凜夏。元から抜群のプロポーションであることは知っていたが、改めて思い知る。こいつは百年に一人の美少女だ。目立つ赤髪に対してあえて藍色に合わせたビキニ姿は、大学生のように大人びていて、美しくかつ可愛らしい。

三者三様の水着姿。小学生のエロガキどもが赤面して「すげーっ」と驚嘆し、女児たちは素直に羨望《せんぼう》の視線を送り、親や祖母たちもまた舌を巻きつつも、子どもたちに性的な悪影響が出るのではと複雑な表情を浮かべている。

「さあ、あなたの一番のヒロインを選んでね♪」

美礼がふたたびめちゃくちゃなことを言ってくる。

「だから、選ぶわけねえだろ！」

と俺もいつものごとく言いつつ、肌も白く透き通った胸の谷間から目を逸《そ》らした。

が、その先にいるのは凜夏だった。

「ど、どう……？　霜村」

少し恥ずかしそうにする凜夏。

「お前はマジで神なの？」

「えっ、どういう意味⁉」

可愛すぎるんだよぉおおっ！　これ以上好きになりようがねえんだよぉおおおっ！

「えっ、ちょっと霜村、大丈夫⁉　いきなり全力で叫んだみたいな身震いしてるけど⁉」

テンション上がり過ぎてどうにかなってしまいそうな俺だったが、美悠羽の冷ややかな「兄様のバカ」という声を聞き、我に返る。

「美悠羽、お前も水着、似合ってるよ」

「……わ、わざわざ言われるまでもありませんからっ」

照れ隠しなのか、顔を背けて強がったことをいう美悠羽。その頬は朱に染まっていた。

こいつもこいつで可愛いよなー、と兄バカな俺。

と、そこへプールの監視員らしき女性が来た。さすがに騒ぎすぎたらしい。

「おいそこのリア充ども、あんまり騒ぎすぎると叩《たた》き出すンゴよ」

ンゴ？　よく見たら、その陰気な女には見覚えがあった。

「あっ」

「ファッ⁉」

ああああああああああああああああ⁉

俺たちの声が重なった、って前にもあったわ、こんなやり取り！

長袖に麦わら帽を被《かぶ》って、笛を首から下げ、メガホンを持つ監視員の格好。太陽の下、本来なら溌剌《はつらつ》としていなければならないのに、内部から溢《あふ》れ出してくる『ろくでなしオーラ』がすべてを台無しにしている。なんJ民だ。

「緊縛セーラー服先生じゃないっすか！　何してんすか、こんなところで！　って、見ればわかるか……」

「ンゴゴゴゴ……。最悪ンゴ。よりにもよって後輩にこの姿を見られてしまったンゴ……。もう生きていけないンゴ……」

だから前にもやったよ、こんなやり取り！

やはり人違いではなさそうだ。彼女は種付けプレスの一年先輩の作家、『エロラノベ三連星』にも数えられる緊縛セーラー服先生だ。

「メイド喫茶に続いて、もしかしてまた無理やり？」

「当たりンゴ……同人サークル時代の先輩の頼みで、監視員のバイトをさせられてるンゴ……」

普段クーラーの利いた部屋に引きこもっているのだろう彼女は、夏の太陽の下、吸血鬼のように衰弱していた。

「すみません、こんなときに……つらいですよね？」

「だから憐《あわ》れむのやめるンゴ！　お前の同情とかいらないンゴ！」

じゃれ合う俺たち。

そこへ、さらに意外な人物の声が掛かった。

「おい♡　くそ後輩♡　さぼってんじゃねーぞ♡」

「ひっ！」

と緊縛セーラー服は恐怖に跳び上がるが、
えっ――、と俺は絶句してしまう。直接会うのは一週間前の授賞式以来、電話ならほんの数時間前に話した少女が、そこにいた。

「貝塚レーニャ⁉」

その爆乳を惜しげもなく引き立てるような、布面積の小さい過激な水着姿をしていた。用途が不明なヒモがＳＭのように巻き付いていて、美礼たちとはまた違った方向で目のやり場に困る。胸以外は幼児体型のロリなのも、特殊な背徳感を醸《かも》し出していた。

……さっき俺がみんなにやめさせたレベルよりは幾分マシだが、これも相当だな。

「てか、どうしておまえがここに⁉」

「あ、先輩だ～♡」

俺を見てそんなことを言ってくる。先輩って俺のことか？

「いや別に俺はお前の先輩じゃねえよ。ただの年上の男だよ」

「うっせ♡　僕ちゃんが先輩だっつったら先輩なんだよ、くそ童貞♡」

「だから先輩に対する口調じゃねえよ！」

何なんだよ、こいつ⁉　予測ができねえ！

「セーラー服先生、知り合いなんですか？」

「知り合いというか、レーニャ様は先輩の監視員ンゴ」

いや様付けって……。

「なんで調教済みなんですか。あんた十五歳は上なんじゃねえの？」

「なっ⁉　まだワイは十九ンゴ！　なんでアラサーに見られてるンゴ⁉」

「はあ⁉　十九⁉　嘘《うそ》つけぇ！　そんなくたびれた未成年なんていねえよ！」

「失礼なこと言うんじゃないンゴ！　くたびれてなんかいないンゴ！」

マジで十九なの⁉　そう言えば三ヶ月前の授賞式でも酒は飲んでなかったなこの人⁉

華の女子大生くらいだったのかよ⁉　全然見えねえ！

てか監視員⁉　確かによく見てみたら、レーニャも笛を下げている。

「僕ちゃんはこのプールを昔から利用してきたんだよ。余所者《よそもの》はお前らだからな♡」

「そうなのか……？」

小首を傾《かし》げる俺に、セーラー服が補足説明してくれる。

「このプールの監視員は昔馴染《むかしなじ》みの利用者から選ばれるらしいンゴ。レーニャ様はそれで、ワイに代行を強制した先輩メイドも、ここの出身らしいンゴ」

「ふぅん……。にしても、他人を全力で煽《あお》り倒すレーニャが監視員なんて、子どもたち泣いちゃうんじゃねえの……」

しかし、案外子どもたちから人気らしく、「このくそガキども♡　プールサイド走ったら許さねーぞ♡」「はーい！」としっかりコントロールができていた。

意外だ。監視員が板についているのもそうだが、こんな庶民的なプールに昔から通っているのもイメージにそぐわない。理事長とか偉そうな肩書きの人と懇意にしているみたいだし、ハーフかクォーターだろうし、なんとなく、いいところのお嬢様という気がしていた。まあ、めちゃくちゃ育ちが良さそうなうちの美礼や美悠羽も、庶民的な家に住んでいるのだが。

「おいくそ後輩♡　真面目に監視員できねーなら姉御に言いつけんぞ♡　ざこ引きニートが♡」

「ひぃ～！　もうこのJCイヤンゴ～！　誰か助けるンゴ～！」

先輩作家が女子中学生の尻に敷かれている……こんな光景見たくなかったですよ、と俺は思うのだった。

美礼が俺の隣に来て、

「あの子が、話にあったレーニャちゃん？」

「そうなんだがな」

「悪い子には見えないわね」

「いや、俺も今そう思ってたところ……」

第一印象が因縁つけられて最悪だったし、電話でも散々煽られて印象を悪くしていたが、こうして子どもたちの面倒を見て、子どもたちからも慕われているのを目の当《ま》たりにすると、肩すかしを食《く》らったような気がしてしまう。

一方で美悠羽はレーニャを見て、むーっと頬を膨らませるが、自分から絡《から》んでいこうとはしない。ぷいっと顔を背ける。

しかしレーニャは、

「♡」

とネズミを見つけた猫みたいに嗜虐《しぎゃく》的な笑みを浮かべ、美悠羽に堂々と近づいていった。そしてこれ見よがしに、その爆乳を強調してみせる。中学生にして、美礼に迫ろうかという特大サイズだ。

「な、なんですかっ」

美悠羽が反抗的な声を上げるが、レーニャは完全に上から目線だった。

「ざーこ♡　ざこ貧乳♡　寄せて上げてもその程度♡　僕ちゃんの十分の一以下♡」

歌うような煽り文句を口にし、その爆乳を正面から押しつける。ばいーん、ばいーん、と大きなゴムボールを何度もぶつけられたかのように、美悠羽は押されてたじろいだ。悲しいかな、美悠羽はせいぜい小ぶりなお餅で、対抗できない。

「なっ、なん……！　許せません！　大きければいいってものでは！　くぅ……！」

バチバチと火花を散らす二人。

いやそんなところでもライバルしなくていいんじゃねえかなぁ。

しかし二人は真っ向から（胸が）ぶつかり合い、互いに引く気はないようだった。

「いいでしょう、前哨戦《ぜんしょうせん》ですっ。貝塚レーニャ、あなたをぎゃふんと言わせてあげます！」

「勝負ってワケね♡　別に乗ってやってもいいけど、内容はどうすんの♡」

おいおい、ついに勝負とかやり始めたぞ……。

「そうですね、あまり大きなプールでもないですし、ビーチと違って砂浜もなく、何か美術関係の勝負もできそうにありません。ここは普通に水泳でもいいかと思いますが」

「うわっ♡　さりげに自分に有利な内容とか♡　卑怯《ひきょう》♡」

「わたしに有利？　いったいなんの話……くっ、そういうことですか！」

美悠羽は途中で気づいて、胸元を両手で押さえた。そう、水泳だと胸の抵抗が違いすぎるのだ。背泳ぎなら対等な勝負になるだろうが……。

レーニャはまた違った案を出した。

「このプールじゃ昔からさ、何か揉《も》め事が起こったときは水中騎馬戦で決着をつけることになってんだよね♡　僕ちゃんたちもそうする？」

水中騎馬戦か。プールのほうを見ると、確かに子どもたちがそれではしゃいでいる。

しかしレーニャもここで育った口だろう。美悠羽も納得がいかないふうだ。

「待ってください。つまりあなたは自分の土俵にわたしを引きずり込もうとしているわけですか？　それこそ卑怯では」

「負けるのが怖いんだ♡」

「なんですって⁉」

「ざぁこ♡　無能♡　役立たず♡」

「いいでしょうやってやりますよ水中騎馬戦！」

チョロすぎんだろ妹よ……。普段はこんな安い挑発に乗ったりするようなやつでは決してないんだが、相手がレーニャだと沸点が著しく下がってしまうらしい。

「じゃあ、やるんならここのルールに従ってもらうからね♡　馬は二人♡　騎手が落ちて水没したほうが負け♡　馬を構成する二人が完全に離れてしまっても負け♡　いい？」

普通水中騎馬戦というと頭のキャップを取られたほうが負けだが、今回は割と力尽《ちからず》くの勝負らしい。要するに必死にしがみついていけ、というわけだ。

「では次はチーム決めですね。交互に指名していくのがセオリーですが……」

「あんたから先に決めていいよ♡　つーか、あんたの名前なんだっけ？　ごめんね～♡

僕ちゃんってば、ざこの名前は覚えられないんだ♡」

美悠羽です！　とうちの妹は漫画みたいに目尻をつり上げて怒鳴った。

「絶対に後悔させてやるわ！　お兄ちゃん！　こっち！」

やっぱ俺もやるわけか……。というか妹よ、仮面がすっかり外れてるぞ。

「一番にハルくんを選ぶなんて、さすが私の娘ね！　そう、ハルくんは馬並みだから騎馬
に最適なのよ！」

母親が意味不明な妄言を口走っていた。俺は無視して、

「待てよ、美悠羽。女ばかりの水中騎馬戦に、男の俺が参加するのどうかと思うぞ？」

俺はチラリと凛夏を見てしまう。そう、また「鼻の下伸ばしてんじゃないわよ霜村！」

なんて怒鳴られてしまうに決まっているのだ。

実際、今の凛夏の表情は「変なところ触ったりしたら承知しないわよ」と不満げだ。

しかし美悠羽は――。

「……シスエリ（ぼそっ）」

「えっ⁉」

「……妹がエイリアンに犯されるエロゲをやっている兄（ぼそぼそっ）」

「よっしゃあ！　やってやるぜ水中騎馬戦！」

「霜村っ？　なんでそんな急にやる気に⁉」

しょうがねえだろ、俺は妹に弱みを握られているんだ。現実に妹がいるのにシスターエイリアンというエロゲにハマってしまった。それをバラされたくなかったら、妹に従うしかねえんだよ。……てかそのエロゲのイラスト描いたのも妹なんだけどさ！

「僕ちゃんは誰を選ぼうかな～♡　ガキどもから強いやつ選んでもいいんだけどな～♡」

レーニャの視線はプールに行き、水中騎馬戦をすでに楽しんでいる小学生たちを見る。なかなか手慣れた様子の子もいて、早熟でガタイがいい子もいる。年齢以上の脅威になりそうだ。

しかしレーニャの視線はぐるっと回り、意外な人物を捉えた。

「ママ♡」

「わ、私なの⁉」

そう、レーニャが選んだのは美礼だった。

「大変よハルくん！　お母さんが敵に回っちゃったわ！　まるでロミオとジュリエットね！」

「あんた運動神経ざこだから、向こうの足引っ張んの頼んだぜ」

俺は母親のボケには付き合わない。

次の選択権が来た美悠羽は、腕を組んだ。

「母様を取られましたか……。これで霜村家でチームを組むことはできなくなりましたが、他の信用できる人物は……」

ここで凜夏が「はいっ！　はいっ！　美悠羽ちゃん！　凜夏お姉ちゃんがいるわよ！」とめっちゃ挙手してくる。

「……ではあっちのダメそうなお姉さんで」

「ンゴ⁉　ワイを呼んだンゴ⁉」

パラソルの下で「あぢ～」と団扇《うちわ》で扇《あお》いでいた緊縛セーラー服が、ぎょっとした。

『なんで⁉』

凜夏・俺・セーラー服の声が重なった。

「おい美悠羽、あれよりは凜夏のほうが絶対いいって！」

「そうよ美悠羽ちゃん⁉　凜夏お姉ちゃん頑張るわよ⁉」

「ワイを太陽の下に引っ張り出すんじゃないンゴ！　サボらせるンゴ！　っていうか種付けプレス！　ワイをあれ呼ばわりとか舐《な》めてんじゃねえンゴ！　おっ？」

数々の抗議の声が上がるが、美悠羽は断固として聞き入れなかった。

「瀧上さんはダメです。兄様と騎馬を組ませるなんてもってのほかです」

理由はよくわからないが、なんJガールはダメだろ。そこらへんの小学生のほうがまだ活躍しそうだぞ。

「おい種付けプレス、その目をやめろンゴ」

セーラー服もジト目で睨《にら》み返してきた。

「もうわかった、見せつけてやるンゴ。先輩作家としての実力の差ってやつを！」

いや騎馬戦で作家の差とかわかるわけないし。

つーかプールの監視員が二人とも遊んでいいのかよ……。

ともかく、次にレーニャは凛夏を味方に選んだ。

これでチームは決定。

騎手：美悠羽　騎馬：俺とセーラー服チーム
VS
騎手：レーニャ　騎馬：美礼と凛夏チーム

俺たちはプールに入る。水温は適温。深さは俺の胸下くらい。バシャバシャと音と立てながら軽く準備運動をしつつ、それぞれのチームで戦闘態勢を整える。

騎馬の組み方は、二人なら横並び、あるいは前後になるが。

今回は落とされると負けということもあり、取っ組み合いに強い前後でいくことに決める。身長が高い俺は後ろで美悠羽を支える役だ。水の浮力もあって、かなり軽く感じた。

しかし敵チームは横並びの戦術でくるようだ。美礼と凜夏、本来の同期受賞者同士のタッグで組み合い、二人の並んだ肩にレーニャが女王様よろしく腰かけている……いや、戦術っていうよりあの体勢をやりたかっただけだろレーニャのやつ。

「お、お母様、よろしくお願いします！」

「うんっ、一緒に頑張ろうね、凜夏ちゃん」

向こうの騎馬のコミュニケーションは良好そうだが、こちらは、

「足引っ張らないでくださいよ、セーラー服先生」

「それはこっちのセリフンゴ！」

……まったく息が合いそうにねえ。

「始めっぞ♡　くそざこニートども♡」

「気を引き締めてください、兄様！」

GO！　レーニャの合図と同時に、二つの騎馬が動き出す。

激しく水しぶきを上げながら、両者はちょうど中間でぶつかり合った！

「うりゃ♡」

「させません！」

正面からグラップルし合うレーニャと美悠羽。JC同士の取っ組み合いとは滅多に見られるものではない。身長や体格はほぼ互角だが、胸の大きさの分だけレーニャのほうが体重が重いだろう。重心も高いはず。それが不安定な水中騎馬戦でどう働くか。

……などという真面目な解説は用を成さなかった。

「ンゴゴゴ……もうダメンゴ……」

さっそく前衛騎馬のセーラー服が沈みかけている。

「何やってんすかセーラー服先生！　もっと踏ん張ってくださいよ！」

「う、うるさいンゴ！　ワイは元々体力がなくて、うっぷ、身長低いし水が口に入るし、鼻にまで水がっ！　ンゴォっ！　正面からも二人の巨乳が迫ってきてっ！　水に浮いた合計四つのおっぱいが、ちょうどワイの顔にぶつかってっ！　息ができなっ⁉」

「マジで役に立たねえな、あんた⁉」

まあ正直予想できた展開だ。俺が後衛を希望したのは、正面から美礼や凜夏の巨乳とぶつかりたくなかったからなんだ。絶対集中できなくなるし。

レーニャがさっそく好機と見たのか、騎馬を叱咤《しった》した。

「いよし♡　向こうの馬が崩れてんぞ♡　やっぱ勝つのは巨乳だな♡」

言われてみれば向こうは『チーム巨乳』だった。三人ともデカいのなんの。

「くっ……！　おっぱいになんて負けません！」

妹のセリフはよくわからんが、ともかく騎馬が崩れたら終わりだ。

「美悠羽、一旦後ろに体重を預けろ！　そのあいだに立て直す！」

「わかりました！」

直後、妹が腰を引いたため、その可愛《かわい》らしい尻が俺の顔面を直撃した。

「どわぁっ⁉」

妹の柔らかい尻が、ぐいぐいと俺の頬や鼻に押しつけられてきて、一瞬離れたかと思ったら、また殴りつけるかのように尻が直撃してくる。妹尻地獄《いもうとじり》であった（混乱）。

その隙を突いて、レーニャはさらに血気盛んに攻勢を仕掛けてくる。

「うりゃ♡」

「くぅ……！」

「ちょまっ⁉　マズいマズい！」

美悠羽は押されており、後ろから必死に支える俺は海老《えび》反りに近い無理のある体勢だ。日頃から自転車で下半身を鍛えているから、どうにかまだ踏ん張れたが、しかし、いつ崩れてもおかしくない。このままでは……！

「甘い♡ 甘い♡」

レーニャはやはり慣れた様子で、摑《つか》み合う美悠羽を前後左右に揺さぶり、わずかに浮いた瞬間を狙ってさらに崩してくる。

「落ちろ♡ 落ちろ♡」

「ふぬぬ、絶対負けません……！」

だが美悠羽も気合いと根性で、かろうじて食《く》らいついている。

白熱する水中騎馬戦、やがて周囲からも歓声と声援が聞こえてくる。

七・三でこちらが押されているようだ。どうする。経験者のレーニャは強敵で、騎手対決としては不利だ。あとは騎馬の差だが……。

しかし次の瞬間、

「きゃあっ⁉」

とうちの母親の悲鳴が聞こえた。

と同時に、俺たちも一気に傾いたように体勢が崩壊。誰か（たぶん美礼）が足を滑らせて、俺たちまで一緒に水中に引きずり込まれてしまったのかもしれない。俺は気がついたら水の中にいた。

「——ぷわっ。げほっ、げほっ」

慌てて水中から顔を出す。少し水を飲んでしまった。

周囲を窺《うかが》ってみると、やはり騎馬は崩壊。というより、両チームともに崩壊しているようだった。観客の小学生たちは沸き上がっているばかりで、勝敗を教えてはくれない。

「どっちが勝ったんだ……？」

困惑する俺だが、目の前の水面に何かが浮いていた。

「なんだこれ……」

手に取ってみると、それは薄っぺらい布だった。これって……。

「……ば、バカ兄っ……」

美悠羽の声が聞こえたので見てみると、そこには赤面して胸を両手で隠す妹が……。

あれ、美悠羽、ビキニのトップスをつけてない？

ん？　俺の手にあるこの布は……？

「かっ、返しなさいよ！　バカ兄ぃぃいいいいいっ！」

ぐはぁっ⁉

美悠羽の鉄拳が打ち込まれ、俺の意識はそこで途切れたのだった……。

後日、勝敗は引き分けになったのだと聞かされた。美悠羽の視線が冷たくなっていた。おまけに凜夏の視線まで。理不尽だ……。

第三章『俺が好きなのは母親で人生詰んだ』

「だ、ダメです……！　全然思ったとおりに描けません……！」

プールから一週間後。

世間はついに夏休みに入り、学生たちは開放的な気分になっていた。

しかし美悠羽《みゆは》は逆に追い詰められたような声を出し、頭を抱えて懊悩《おうのう》している。未《いま》だに満足のいく絵が描けないのだ。

俺のアイデアだった義理家族の恋愛ものも、美悠羽にとっては普通の家族に思えてしまって、どうにも納得がいかないらしい。苦手な非家族ものに挑戦するというこだわりは、俺が思っていたよりずっと強いようだ。

ふたたび美悠羽の部屋を訪れた俺は、以前よりさらに荒れてきているのを知った。足の踏み場もない。

カーテンが閉め切られた薄暗い部屋で、美悠羽は作業台にかじりつき、頭を抱えて唸《うな》っている。美悠羽の苦しそうな呻《うめ》きと、エアコンのノイズが、重苦しく響いていた。

俺は堪《たま》らず声をかける。

「美悠羽、そろそろ一息ついたらどうだ?」

「っ、バカ兄!　勝手に入ってこないでよ!」

振り向いた美悠羽は、完全にいつもの仮面を脱ぎ捨てていた。すなわちお嬢様ではない。

勝ち気で強気な、素の妹がそこにいた。

「もうほっといてって言ったでしょ!」

「いや、でも」

確かに言われたし、ドアにもそういう貼り紙がしてあった。だが、だからって妹を放っておけるような兄貴じゃねえんだよ。

けれど、

「気が散る!　ほら、出てって出てって!」

結局、俺は妹に押されて廊下に押し出されてしまうのだった。

無理やり部屋に居座ることも不可能ではなかったが、俺は妹に確かな解決策を提示できていない。美悠羽の力になれていない。その事実が俺からも自信と気力を奪っていた。

一枚のドアを隔てて、向こうから小さく「ごめんね、お兄ちゃん……」と聞こえてくる。

俺も重い息をつく。なんとか力になってやりたいが、どうしたらいいんだ?

こんなとき、ふいに心が頼ってしまうのは、母親の美礼《みれい》だった。なんだかんだで、俺もいざというときはあいつを頼りにしてしまう。

が、じつは美礼も最近、ノートPCを前に頭を捻《ひね》っていた。

「マズいわ……締め切りも近くなってきたし」

種付けプレスの次回作『日本神話も笑えない』の執筆がうまくいっていないのだ。

美礼は自室だけでなく、気分に合わせてダイニングやリビングでも執筆をするようになっていたが、うーんうーんと唸る様子がよく見受けられた。

と言っても、まったく書けないわけではないらしい。ある意味で娘と同じで、現状に満足できていないのだ。兄×妹ものと決めているようだが、もっといいものが書けるはず。もっともっと完成度を高められるはず、と。そうして悩んで悩んで悩み抜いている。こういうところは母娘《おやこ》でそっくりだ。

少しずつ家の中の雰囲気が悪くなってきているのに、俺は気づいていた。

ここは比較的余裕のある俺が、なんとかしなくちゃいけないだろう。

けれど、じゃあ俺に何ができるだろうか――。

自室でデスクにつき、顎に手を当てて考えていると、スマホが着信した。

凜夏《りんか》からの電話だ。俺は気もそぞろながら、とりあえず出た。

「はい、『あなたの股間に花束を――』種付けプレス……」

『何いきなりセクハラしてきてんのよ⁉』

「ハッ⁉　す、すまん、ちょっと考え事してた」

俺は我に返り、背筋を伸ばした。

「凛夏か。いやカリン先生か。お前に解号はないのか？」

『ないわよ！　いらないし！』

「じゃあ俺がつけてやろう」

『いらないって言ったわよね⁉』

「『ポッキーのような爽快感を――』カリンっ……いやダメだ。センスがなさすぎる……」

「他人のペンネームで好き勝手やってんじゃないわよ！」

今日もツッコミ、キレてんなーこいつ。

俺は感心しながら、

「どうした、何か用か？」

『そういうわけじゃないけど……ほら、せっかくの夏休みじゃない？　たっぷり時間あることだし、何かできないかなーって』

「そうか、お前も次回作が進んでるんだもんな。ここらへんでガッツリ取材しておきたいってことか？」

『えっ、ま、まあ、そうかな？　……ら、ラブコメ取材、とかさ』

ふぅん、こいつも結構念入りに取材するんだな。俺もそこらへん見習ったほうがいいのかなー。

『二度と空気ヒロインだなんて呼ばせないわよ！』

「……いきなり何だよ」

俺はぽりぽりと後頭部を掻《か》いて、

「悪《わり》ぃ、俺もちょっと忙しくてさ」

『あ、そう、なんだ……』

声だけでも、しゅんっとなったのが丸わかりだった。

そんなわかりやすく寂しそうにするなよ。こいつ人付き合い下手だから、長期連休とか一緒に遊ぶ相手少ないんだろうな。

まあ、俺もあんまり他人のこと言えねえけど。夏休みの予定が自作の執筆か夏期講習しかないっていう……自分で考えといて死にたくなってきたわ。ははっ。

俺だって凛夏ともっと一緒にいられたらって思うけど……。

って、そうだ。凛夏に相談してみたらいいじゃねえか。一週間前もプールにまで付き合ってくれたし。

「凛夏、ちょっと相談に乗ってくれるか？」

『えっ、なになに？　相談っ？』

途端に凛夏は、水を得た魚みたいにテンションを上げた。

『どうしようかなあ。霜村《しもむら》がどうしてもっていうなら、仕方なく乗ってあげてもいいけどなあ、どうしよっかなあ。ちょっと迷うけどぉ、もう、霜村も仕方ないわねぇ。そんなにどうしてもっていうなら、今回だけは凛夏お姉さんが相談に乗ってあげてもいいかなあ』

「切るぞ」

『嘘嘘《うそ》！　冗談だから！　切らないでよ！　そんな本気でウザがらなくてもいいじゃない！』

こいつもこいつで時々ぶっ飛んでるからな。

俺は改めて、美悠羽の件を相談してみた。一週間前の時点である程度話してあるので、少ない言葉でも凛夏は理解した。

「じゃあさ、ここは一旦別の角度から考えてみたらいいんじゃない？」

ほう、別の角度か。相談してみるもんだな。

「具体的には？」

「――敵情視察。あのレーニャって子について調べてみようよ」

ぱちん、と俺は気づいたら指を鳴らしていた。蒙《もう》が啓《ひら》けた思いだった。

そう言えば、俺たちはあの子のことを何も知らないのだ。特待生枠を懸けたライバル。貝塚《かいづか》レーニャについて何かわかれば、戦いも少しは楽になるかもしれない。

俺と凜夏は手分けしてネットで調査し、昼過ぎに駅前で落ち合うことにした。

のだが。


「なんで浴衣《ゆかた》なんだ、お前」


先に改札の出口で待っていた俺。

そこへ現れた凜夏は、なぜかバッチリ着付けてきた浴衣姿だった。

淡く透き通った赤い花びらが躍る生地に、髪飾りは落ち着いた夜色の黒いリボン。主張しすぎないその色合いが、凜夏の最大のチャームポイントである赤髪を引き立てていた。

髪もアップになっていて、ほっそりとした首やうなじから、めちゃくちゃいい匂いがしそうだ。

こいつ、和服もこんなに似合うのかよ……。街を歩いたらナンパとかモデルのスカウトがしょっちゅうだって話、マジなんだろうな。どんだけ高嶺《たかね》の花なんだよ。

「ど、どう、霜村？」

「いやめちゃくちゃ似合ってるけど……」

「で、でしょう⁉　あたしもこれ、うまくいったと思うのよね！　お母さんとあれこれしながら二時間もかかっちゃった！」

「ごめん調査は？」

「そ、そこはちゃんとやったわよ！」

　凜夏は赤面しながら言いつくろった。

「浴衣なのもちゃんとした理由があるの。本当はあんたも浴衣着てくるべきだったと思うけど、まあ、そこらへんはあとで説明するわ。とりあえず、こっちよ」

　凜夏はよくわからないことを言って、先導する。

　俺は「？」だ。凜夏はどうやらバス停に向かっているようだが。

「どこにいくんだ？　調査結果の報告会議なら、そこらへんの喫茶店でもいいだろ」

「うん……まあ、あたしもいろいろ考えたんだけど、とりあえず、今日はあたしに合わせてくれる？」

「……？」

俺は困惑させられっぱなしだ。凜夏は普段より口調こそ優しいが、行動は割と有無を言わせないというか、含みを持たせたまま強引。凜夏なりの考えがあるらしい。

まあ、たまにはいいだろう。今日は凜夏に頼ってみるか。

バスを待つあいだ、凜夏は何やら頬を染めてニヤニヤし始める。

「……うぅ、霜村のやつ、やっぱり浴衣似合ってるって褒めてくれた……やったぁ……あたしのこと、自慢の彼女みたいに思っててくれてないかな……な、なんて！　何考えてんのよ、あたし！　……えへ、えへへへ」

「何ニヤニヤしてんだ、お前」

「う、うっさいわね！　あんたのせいじゃない！」

「俺が何した⁉」

やがてバスが来て、俺たちは乗り込む。

駅からは始発だが、先に並んでいた人たちがどんどんシートを埋めていく。

「あそこ二人座れるぞ、ほら、いけよ凜夏」

バス内の狭い通路で、凜夏のほうが前にいた。

「う、うん……」

二人座れるシートの前に来て、しかし少し躊躇《ちゅうちょ》する凜夏。

俺は小首を傾《かし》げる。

「どうした？　座れよ」

「わ、わかってるけど……隣り合って座るのって、なんていうか、カップルシートみたいで……」

「ぶっ⁉　何言ってんだお前！　妙に意識してんじゃねえよ⁉」

「い、意識なんてしてないわよ！　ただ、あたしがここに座ったら、あんた絶対隣に座るでしょ⁉」

「隣に座らねえ選択肢があんのかよ⁉　この状況で⁉」

「な、なんかヤダ！　あんた絶対勘違いしそうだし！　隣り合って座ったからってカップルみたいだとか思わないでよね！」

ビー、と鳴ってドアが閉まった。出発らしい。

運転手さんのアナウンスも聞こえてくる。

『安全のためお座りください』

「ほら凜夏座れって！　出発すんだぞ！」

「わ、わかってるわよ！　でもちょっとだけ待って！　心の準備させて！」

「大げさすぎんだよ！　バスで座るだけで、どんな心の準備が必要なんだよ！」

『早く座れよくそガキどもぉおおおっ！　出発できねえだろうがぁあああっ！』

「ほらもう、運転手さんまでエキサイトしてきちゃっただろ⁉　早く座れよ凜夏！」

「わかってるって！　押さないでよ！　変なところ触ったら承知しないわよ！」

『俺のバスでイチャイチャしやがってよぉおおっ！　アクセル全開で出発すんぞコラァ！　交差点でドリフト極《き》めてやんぜぇ！　族だった頃の昔の血が騒ぐぅ！　ヒーハーっ！　今日は満月かぁ！』

運転席のほうからガチャガチャとギアチェンジするような音が聞こえてくる。

「運転手さんがヤベえよ！　どうなってんだよ⁉」

ブォオン、ブォオオン‼

獰猛《どうもう》な獣が唸《うな》るようなエンジン音を立てて、巨大な鉄の塊が出発の時を待っている。

さすがに危険を察した俺は、強引に凜夏を座らせ、俺も隣に座った。

「シートベルトだシートベルト！　こっから先はもう、どうなるかわからねえぜ⁉」

「う、うんっ……！」

『ヒャッハーっ！　地獄を見せてやるぜぇ！』

公共交通機関の運転手にあらざるセリフが発せられ、バスはその場できゅるきゅるきゅるとタイヤの擦過音を立ててから、驚くようなロケットスタートを極めるのだった。襲いかかるGで俺たちは背もたれに押しつけられた。

　ゲロ吐く乗客が出ながらも、ようやく俺たちも降りる場所に来たようだ。

「ここで降りるわよ、霜村……うっぷ」

「ああ、わかった……おえっ」

　俺と凜夏はフラフラになりながら、スマホのタッチ決済で支払いを済ませてバスから降りる。ヤバめのジェットコースターにでも乗ったあとみたいな気分だった。運転手さんがありがとうございましたとは言わずに「ありあとあっしたぁ！」とハイテンションに叫んだ。

　バスが去っていく。俺たちはすぐには動けず、バス停のベンチに体を投げ出して、体力回復に努めた。

「そういや、俺たちなんでここに来たんだっけ……？」

「敵情視察よ、敵情視察……」

　ああ、そうだった。

　貝塚レーニャ。あのメスガキの情報を探るために俺と凜夏は協力することにし、互いに集めた情報を交換するために集まったのだった。

しかし、凜夏が連れてきたここは、どこだ？

日が傾いた夕刻。

茜色《あかねいろ》に染まった周囲は、普通の住宅街。なんの変哲もなさそうだ、と思っていたら……。

おや、凜夏と同じように、浴衣を着た人たちが見受けられた。近くで夏祭りでも行われているのだろう。凜夏もそれが目標のようだ。

「敵地に潜入するなら、こっちも変装しとかないとね」

凜夏が巾着袋から手鏡を取りだし、身だしなみを整えながらそう言った。

敵地——。つまりこれから向かう夏祭りの会場には、レーニャがいる、あるいはレーニャと関連が深い場所であるということか。

「相変わらず、詳しい説明はしてくれないのか」

「うん、帰るときにまとめて話す」

パタン、と手鏡を閉じて、巾着袋に戻す凜夏。先に話せと言っても到底聞いてくれなさそうな、一つの線を引いているような対応だった。

何を考えているのか気になるが、ここは凜夏の考えとやらを尊重してみよう。

俺はベンチから腰を上げ、うんと背伸びをした。

「さて、いくか、夏祭り」

　俺は凜夏に手を差し出した。

「？」

　それを見て、きょとんとする凜夏に、俺は言う。

「変装するんだろ。なら、カップルってことにしといたほうがいいんじゃねえの」

　つまり、この手を取って、繋《つな》いでいこうと言っているわけだ。

「あっ、そっ、そうよね……」

　凜夏はそろそろと手を伸ばして、以前の放課後ラブコメ取材のときみたいに、ぴと……と指先だけを触れさせた。それだけでも顔を真っ赤にさせている。俺もだけどさ！

　でも、さすがにこの状態でいくのは不自然だろ。逆に目立つ。

　俺は勇気を出して、凜夏の手をギュッと握った。

「あっ……」

　凜夏が肩を震わせ、恥ずかしそうに顔を伏せる。

　そんな反応やめろよ！　こっちだってめちゃくちゃ恥ずかしいんだからな！

「か、勘違いするなよ！　これ変装のためだから！　お前のラブコメ取材のためってことでもいいけど！　とにかく、セクハラだとかなんだとか思うなよ！」

「わ、わかってるわよ！　……てそれあたしのセリフのような気がするんだけど⁉」

少しだけいつもの調子を取り戻して、俺たちは夏祭り会場に向かって歩いていく。

実際はガチガチになっていて、歩き方もなんか変になっていたが、でもこれが今の俺たちの限界なんだ。

手から伝わってくる体温を、俺はいちいち意識してしまう。

学校一の美少女、あの瀧上《たきがみ》凜夏とこんなことが実現するなんてな……。一年以上前、入学当初の俺にそんなことを話したとしても、きっと信じてくれないだろう。同じクラスだったのに、凜夏は遠い存在だった。気が強そうで凜然《りんぜん》としていたこいつは、どちらかというとギャルっぽく見えて、オタク趣味の俺とは違う世界に生きているように見えていた。

一度繋いだこの手は、もう放したくねえな……。

なんて思ってしまうが、しかしすぐに、俺は手を放してしまうことになるのだった。

目の前を歩いていた浴衣《ゆかた》の女性が、何もないところでいきなりズッコケたのだ。

「きゃあっ！」

両手を大きくばたつかせ、頭からぶっ倒れる。

うわ、漫画みたいなコケ方だな。大げさすぎてコントか何かかと思ってしまう。

俺は咄嗟《とっさ》に駆け寄って、

「大丈夫ですか」

と声をかけた。

「す、すみません……いてて」

浴衣の女性は、二十代中盤くらいの若いお姉さんだった。なんとなく文系っぽいオーラがあって、運動は苦手な印象を受けた。まあ、何もないところで盛大にコケたのだから、実際運動神経は良くないのだろう。

「怪我《けが》は……なさそうですね。軽い打撲くらいはあるかもですが」

「ええ、大丈夫です。いつものことなので」

「いつもは大丈夫ではないかと」

「本当に、大丈夫なんですよ。なんと、今日はこれが初めてなんですから！」

「今日はって何⁉　毎日コケてんの⁉　何回も⁉」

ドジっ子すぎるな、このお姉さん。下手するとうちの母親よりも危なっかしいかもしれん……いや、あれ以上はないと思いたいが。

俺は手を取ってお姉さんを立ち上がらせた。別に気になる相手でもないので、こういうときは緊張しない。

「ありがとうございます。お優しいですね」

「まあ、人様には親切にしろって、いつも親がうるさいんで」

「そうですか。それは、……良かったです」

ん？　なんだか一瞬、妙な間が空いたような。

「後ろにいるのは、彼女さんですか？」

「えっ⁉」

凛夏のことか⁉　そりゃ、今はカップルっていうふりをしてるけど！　言っちゃっていいのか⁉　こいつは俺の彼女だって！

「ちょ、ちょっと！　どう紹介するつもりよ」

凛夏が横から肘で突《つっ》いてくる。

俺はいくつかの案を考える。友達？　でも通じるだろうけど男女で夏祭りにくる関係なのにそれってどうよ。友達以上恋人未満みたいな。それだと記憶に残っちゃうよな。敵情視察っていうからこういう場合も役に徹底したほうがいいのか。妹だとか姉だとか言ってもおかしいだろうし。やっぱり彼女か。そう言うしかないのか。ないよな⁉

「か、彼女ですっ！」

俺がそう言った瞬間、ボンッ、と何かが爆発したような音が凜夏から聞こえた気がした。

見ると凜夏は首まで真っ赤になっている。

「……し、霜村の彼女……あたしは霜村の彼女……」

ぼそぼそ何か言っている。壊れた人形みたいだ。

てか変装の意味なくねえこれ⁉　お姉さんも「あ、あれ？」みたいな困った微笑を浮かべてんぞ！　絶対記憶に刻み込まれてるわ！

「お、おい凜夏！　どうしたんだよ！」

「はっ⁉　き、気安く触らないでよね！　彼氏だからって調子に乗らないこと！　いいわね⁉　……か、彼氏だからって、何をしても許されるわけじゃ……な、何をしても……えっ、そんなことまで……⁉　だ、ダメだよ霜村っ……あたしたちはまだ付き合い始めたばかりでっ……でも、あんたがどうしてもっていうなら、あたしはっ……！」

「大丈夫か凜夏⁉　おーい！」

肩を揺するが、凜夏は頭から湯気を出しながら、うわごとをつぶやき続けるのだった。

「こ、個性的な彼女さんですねっ……」

お姉さんドン引き。

「すみませんじつは彼女とかじゃないんで。こいつ知らない人です」

「さすがにそれは今さら無理があるかと⁉」

とにかくありがとうございました、とお姉さんは頭を下げた。

「あの、今は何も持っていませんが、あとで見かけたら声をかけてください。出店で使えるタダ券とか渡されると思うので、お礼にプレゼントしますね」

「タダ券？　そんなものを？」

思わぬことを言われ、俺は少々面食《めんく》らう。夏祭りの出店で、タダ券があるなんて、初めて聞いた。

けれどお姉さんは優しく微笑《ほほえ》んでいる。

「ええ、こう見えてもわたし、運営する側ですので」

運営――。マジか。こんな頼りなさそうな人が？

「あ、その顔は疑ってますね？　本当なんですよ」

そこで、おーい、という声が聞こえてくる。会場のほうから老齢の男性が大きく手を振って近づいてくる。

「あ、あれ、わたしを呼んでますね。知り合いの後援会の方です」

「そうですか。では俺たちはここで……」

「はい、あとで運営のテントに来てください。きっと、タダ券をお渡しできると思うので」

ニコリと微笑んで、お姉さんは知り合いのほうへ歩を進める。

そして盛大にずっこける。

「きゃあっ！」

……これが運営って、大丈夫かこの夏祭り。

知り合いらしいお爺《じい》さんが「またか、大丈夫かい？」と困った顔で助け起こしている。いつものこと、というのは本当のようだ。

ともかく、俺は凜夏を連れてその場から離れることにした。

向こうは運営側。そして俺たちは……そこへ敵情視察に来た身。敵の懐《ふところ》に飛び込むって算段もなくはないが、凜夏が詳しい事情を話してくれない以上、思い切った行動には二の足を踏んでしまうのだ。

俺は気配を消して、茹《ゆ》でダコ状態の凜夏を連れてさりげなく距離を取っていく。

そんな俺の背中に、わずかに、しかし確かに気になる声が聞こえてきた。お爺さんと、あのお姉さんの会話だ。

「もっとしっかりしてくれると儂《わし》らも助かるんだがねえ、貝塚理事長」

「す、すみません」

……ふぅー。俺は大きく息をついた。

貝塚理事長。おそらくレーニャの親類で、美術特待生の選考委員の人か。

凜夏、お前の考えが、俺にも少しずつ読めてきたよ。

◇　◇　◇

夏祭りの会場はイメージとは違って、神社の境内ではなく、小さな学校のような施設のグラウンドを利用しているみたいだ。思ったより小規模。人混みで入口の表札が見えなかったが、張り巡らされた提灯《ちょうちん》や屋台、浴衣を着た人々によって、雰囲気は出ていた。

俺と凜夏は初めてくる場所で、周囲をキョロキョロと見てしまう。

「場所は狭いけど、人は多いな。はぐれないようにしないと」

「そうね」

屋台から香ばしい、いい匂いがして、腹が減る。

「なんか買っていくか。凜夏、食べたいものあるか」

「あたしはリンゴ飴《あめ》にしようかな」

「俺がカネ出そうか」

「えっ、なんで」

「なんでって……」

俺は目を逸《そ》らして、頬をぽりぽりと掻《か》いた。

「今は、彼氏だからな、俺」

「～～～っ」

凛夏は顔を伏せて恥ずかしそうにする。

だからやめろって、それ。こっちだって言ってて恥ずかしいんだからよ！

「あ、ありがと」

「気にすんな」

そうして俺たちは、カップルのふりして屋台でＢ級グルメを購入した。凛夏はリンゴ飴で、俺はたこ焼きだ。

たこ焼き屋のおっちゃんは「いいねえ若いカップルは！　もう一個おまけでぃ！」と気前よく増やしてくれて、たこ焼きは七個になった。

「や、やっぱりカップルに見られるんだな、俺たち」

「か、勘違いしないでよね！　ふりなんだから、ふり！」

「わ、わかってるって！」

だけど俺は嬉《うれ》しかった。今までずっと、俺なんかは凛夏とは到底釣り合わないって思ってきたから、意外とそうでもないのかもって期待してしまう。

「……あ、あたしと霜村がカップル……ふりじゃなくて、このまま勢いで本当に付き合えたりとか……わっ、あたしのバカ！　変なこと考えちゃダメでしょ……！」

並んで歩く俺たち。手を繋《つな》ぎたかったが、たこ焼きが食べられなくなるのでできなかった。焼きたてのたこ焼きは熱そうで、俺はもう少し冷ましたくて息を吹きかける。上にかかっていた鰹節《かつおぶし》がいくつか飛んでいった。ソースの匂いが香ばしい。

そこへ、思わぬ人物の声が掛かった。

「あ、先輩だ〜♡　何してんだよ♡」

「げっ、貝塚レーニャ！」

見てみると、そこにいるのは夜空のような暗色系の浴衣《ゆかた》に身を包んだレーニャだった。和服は日本人らしい胴長短足に合うように作られたもので、レーニャも幼児体型だったから似合っていたが、胸だけが異様に発達しているのでアンバランスさもある。首から上も北欧系の血が混じっているようなので、外国人が着ているような妙なギャップを覚える。

「様をつけろよ、デコ助野郎♡」

当のレーニャは自分のファッションをまるで気にしていない。受け答えはまったくいつも通り、憎らしい限りだった。

しかし、まさか本当にこいつと遭遇するとはな。凜夏が何を調べていたのかはわからないが、敵情視察という名目に齟齬《そご》はなかったらしい。

「凜夏、見つかっちまったぞ。ここからどうする？」

「あわわわっ、マズいどうしよう！」

「想定外かよ!?　レーニャがいるって思って来たんじゃなかったの!?」

「そうだけど、遠巻きに観察でいいやって思ってたくらいだし！」

「ガバガバだなおい！」

俺たちが内輪でこそこそしていると、ずいっとレーニャが近寄ってきた。三日月形に歪《ゆが》んだ目で、生意気そうに八重歯を剝《む》き出しにした酷薄な笑みを浮かべて。

「お二人は何やってんですかぁ♡　も・し・か・し・て、デートだったりしてぇ♡　なーんて、そんなわけないですよねぇ♡」

「なっ、で、デートに決まってるだろ！　なあ、凜夏!?」

ってことでいいんだよな？

「そ、そうよ！　あたしたちは、今、で、ででで、デートしてるんだから！」

よし。なんかつっかえたのはよくわからんが、このままカップルのふりは継続ということでいいらしい。

しかしレーニャは信じないようだ。

「でぇもぉ、全然付き合ってるように見えませんよぉ♡」

「そ、そんなことねえよ！　なあ凛夏！」

「ら、ラブラブなんだから！」

ラブラブとか余計なこと言うなよっ⁉　そんなこと言ったら……！

「ふーん♡」

案の定、レーニャは、逆に面白いオモチャを見つけたような顔をした。

「じゃあ、証拠見せてくださいよ♡」

「証拠だと？」

「はい。二人がラブラブカップルだっていう証拠、今、ここで、見せてくださいよ♡」

「そ、そんなこと言われても……」

俺は凛夏と目を合わせた。互いにハッとして目を逸らしてしまう。

だが俺たちのそんな反応を、レーニャは見逃さない。

「あっ♡　やっぱり違うんだ♡　カップルじゃない二人が、こんなところに何しに来たのかなぁ？　ひょっとして……敵情視察♡」

「ばっ、違《ちげ》えよ！　何言ってんのか全然わかんねえ！」

俺は慌てて否定して、凜夏のほっそりとした腰を抱き寄せた。

「いいぜ見せてやるよ！　俺と凜夏が付き合ってるって証拠をよぉ！」

凜夏のほうは「～～～っ！」と顔を伏せている。お前はもうちょっと合わせろよ！

レーニャはニヤニヤだ。

「童貞のくせに強がっちゃって♡　ほら、じゃあ何をしてくれるのかな♡　キスでも見せてくれるの♡」

「お前さ、指定していいハードルの高さってあるから」

「あ、ごめんなさい……」

俺が真面目に説教した感じで言うと、普通に謝ったレーニャ。

「って、反省するとでも思ったぁ♡」

ばあ、と顔を上げたレーニャ。三割増しで憎らしく見える。

「キスもできないのに付き合ってるって言えんの♡」

「じつはまだ付き合い初めでそこまで進んでないんだよすみません許してください僕が悪

かったです」

「屈服してんじゃないわよ霜村！」

じゃあお前俺とキスできんのかよ！　できねえだろ⁉　俺だって心の準備とか全然できてねえんだよ！　無理だ無理！

凜夏は怒りのためなのかプルプル震えていた。

「……あ、あたしは別に、霜村になら無理やり唇奪われたって……って何考えてんのよあたしのバカバカ！　霜村のバカ！」

「あれ⁉　なんか俺理不尽に怒られた⁉」

ふふーん、とレーニャは何やら勝ち誇り、意地悪そうな表情を続けている。

それから何を思ったのか、レーニャは俺と凜夏のあいだに割って入ってくると、俺の腕を取って恋人みたいに絡《から》めてきた。突然だったので、危うくたこ焼きを落としてしまうところだった。

「わっ、何すんだよ、お前」

「うっせー♡　黙れ♡　経験豊富な僕ちゃんが、カップルの付き合い方ってやつを実演してやるって言ってんだよ♡」

なっ、何とんでもねえこと言い出してんだ、こいつ⁉

凛夏とカップルのふりしてたら、なんでこいつとカップルのふりすることになるんだよ！

「し、霜村っ！　鼻の下伸ばしてんじゃないわよ！」

「してねえよ！」

レーニャの巨大な胸がめちゃくちゃ腕に当たるけど、これ絶対わざと当ててきてるからな。こんなもんに俺は屈しねえよ。母親で鍛えられてるからね、俺。……いや、それもマズいよな。

「いいから、てめーは今から僕ちゃんの彼氏な♡　三回まわってワンと言え、ヒモ野郎♡」

「彼氏は犬じゃねえんだよ！」

「いつもハアハア盛りがついちゃってるのにー？　さっきから僕ちゃんの胸が当たってんの、ずっと気になってんだろーが♡」

うりゃうりゃ♡　とさらに胸を押しつけてくる。こんな中三女子、イヤすぎるんですけど。しかしレーニャはまったく遠慮せず、俺に密着して罵ってくる。

「変態♡　不潔♡　中学生に発情してんじゃねーぞ♡　みっともないゴミクズ野郎が♡」

やりたい放題かよこいつ⁉　言ってることめちゃくちゃだぞ！

「おいやめろよ、お前！」

「やぁだ♡　やめたげない♡　ずっとヤリ続ける♡　ゆっくりジワジワ責め続けてあげる♡　もう無理って言ってからが本番♡　鼻血が出ようが、ぶっ倒れようが、とにかく全力でヤリ続ける♡　そうすればもう無理って言葉も出てこなくなる♡　無理って言えなくなったらこっちのもん♡」

「ブラック企業かよ！」

「この程度でもう音を上げるの♡　よっわ♡　ざこじゃん♡　そんなんで年上だからって威張ってるとか恥ずかしくねーの♡　僕ちゃんが楽にしてあげよーか♡　うりゃうりゃ♡　これがおっぱいだよ♡　わかる？　先輩の大好きな、お・っ・ぱ・い♡」

「こいつの付き合い方がこれ⁉　背徳的すぎんだろ！」

「くっさ♡　くっさ♡　童貞がカップルに理想抱いちゃってさ♡　もしかして先輩ってオタクなんですかぁ？　キモ♡」

「オタなのは関係ねえだろ！」

てかお前も漫画家のくせにオタを煽《あお》ってんじゃねえよ⁉

「アハ♡　怒った♡　ねえキスしてほしい？　キスしてほしいんでしょ？　先輩ってば強がっちゃってるけど、ホントは僕ちゃんとイイコト、イケナイコト、たくさんしたいんだよね♡　わかってるよ♡　先輩ってばイヤらしいのが顔に出てるもん♡　さいてー♡」

どんだけやりたい放題すれば気が済むんだよ、こいつ⁉

俺は母親を相手にするときと同じ要領で引き離そうとするが、レーニャは美礼とは違った方向で粘り強く縋《すが》り付いてくる。

「童貞が強がっちゃってさ♡　ホントは嬉《うれ》しいんだろーが♡　女子中学生のおっぱいが当たって喜んでんだろーが♡　バーカ♡」

こんの野郎……！　頭の中で何かが切れた音がした。

このメスガキをわからせてやる！

だが、普通に言い返してもさらに煽り返されるだけだってのは、イヤというほど思い知らされてきた。ならばここは逆に、押してダメなら引いてみろ、反発するのではなく、理解を示してやる、という作戦でどうだろう。

不意を打ち、俺はレーニャを力強く抱きしめる。

「ひゃっ……♡　いきなり何すんだよ、くそ童貞♡」

今度はレーニャのほうが俺を引き離そうとするが、腕力で年上の男に勝てると思うなよ。

俺は力尽《ちからず》くで体を寄せ、レーニャの耳元に口を近づけた。

「ありがとう♡　好き♡　頑張ったね♡」

「ひうっ……！　な、なに、すんの……」

レーニャが体を硬くしたのがわかる。勝機——。俺はこのまま畳みかけることにした。

「素敵だね♡　可愛《かわい》いよ♡　ツラいときはいつでも言ってね♡」

「ふぁ……体に力が入らなくにゃる……！」

俺が耳元で囁《ささや》くたび、レーニャはゾクゾクっと身震いし、体から力が抜けていく。

効果抜群。やはりレーニャ相手なら、むしろ褒めたり頑張りを認めてやったりするのがいいらしい。内容はぺらっぺらなんだけど。でも、このまま攻めていけばきっとレーニャも——。

ところが——。

「なーんてね♡」

ぱあ、とレーニャはふたたび憎らしい顔を上げた。

「まさか本気で効いたと思いましたぁ？　この僕ちゃんが、先輩のきっしょい声で気持ち良くなるはずないじゃないですかぁ♡　自意識過剰なんじゃねーの♡」

「なっ、こいつ！」

「リアルASMRってのはこうやるんだよ♡　ふぅーっ♡」

「あひんっ」

俺は耳に息を吹きかけられ、ゾクゾクっとしてしまう。

リアルで耳を攻められるって、こんなにヤバいのかよ……！　初めての快感……！

「霜村……」

「り、凜夏⁉」

しまった！　俺、凜夏の前でなんて醜態を……！

凜夏の目が冷たい。氷のナイフみたいだ。

「年下の子とイチャイチャして、楽しそうだね霜村」

「ちがっ！　これは誤解でっ！」

凜夏の元へ行こうとする俺を、レーニャが抱きしめて逃がさない。

「ほらほら先輩♡　もっと耳を攻めさせてくださいよ♡　ふぅーっ♡」

「あひぃぃんっ！　ってやめろお前！　は・な・れ・ろ！」

「またまたぁ♡　ホントは嬉しがってるくせにぃ♡　僕ちゃんと付き合ってくれたら、毎日だってしてあげますよ♡　耳攻め♡」

「いらねえよ！　誰がお前なんかと付き合うか！　――凜夏、頼むから俺の話を聞いてくれぇぇぇえっ！」

俺はどうにかレーニャを引き剝がし、必死に凜夏に弁明するのだった。

そんな俺たちの傍《かたわ》らで、けれどレーニャは、ニヤニヤはしていなかった。

「……あ、危なかった……あんなこと、耳元で言うなんて、卑怯《ひきょう》すぎますよ、先輩……！」

頬を染めて、女の子っぽい表情でこちらを睨《にら》みつけてくるのだが。

それも何かの策略かよ？

◇　◇　◇

「いいかレーニャ⁉　俺と凛夏は、つ、つつ、付き合ってんの！　お前とは付き合ってないの！　付き合わないの！　わかったか⁉　わかったら返事！」

凛夏の手前、誤解されるわけにはいかない俺は説教するが、レーニャはその生意気な態度を崩さない。むしろ益々《ますます》増長する。

「知らねーよバーカ♡　偉そうに説教たれてんじゃねー♡　あ、先輩たこ焼き貰《もら》っちゃいますね。ん〜おいし。えっ、間接キス？　あはは、何そんなことで赤くなってるんですか。僕ちゃんはそんなの全然気にしませんよ……。何なら間接じゃなくて直接キスしますか？　なーんてね。先輩ったら可愛い反応するんですね。彼女さんにはそういう顔見せたりするんですか？　ひょっとして僕ちゃんにだけ？　えへへ、いいですよ僕ちゃんは。

二番目でも♡　なーんて、何本気にしてるんですかぁ？　先輩って本当にからかい甲斐《がい》がありますね。一緒にいると楽しいです♪」

「霜村ァァアアア‼　何デレデレしてんのよぉぉおお‼」

「してねえよ⁉　ほとんどレーニャの一人芝居だろうが！」

てか、レーニャがマイペースすぎるんだよ。こっちが何言っても無視して勝手なことやるからな。俺のたこ焼きは食うわ、腕を絡めてくるわ、ガンガン喋《しゃべ》ってくるわで。まるで俺が浮気《うわき》してるみたいな感じにしやがる。

凜夏はどうやら男が鼻の下を伸ばしている光景が大嫌いみたいで、ちょっとでもそういう気配が見受けられるとすぐに噛《か》みついてくる。

俺だって凜夏に嫌われたくないし、抵抗しようと頑張ってはいるんだけどよ、レーニャが絡んできただけで発狂されたら、こっちは自衛のしようがねえよ。

「あっ♡　先輩暑そうですね、汗掻《か》いちゃって。僕ちゃん手持ち扇風機持ってるんで貸して上げますよ。ほら、涼しいでしょう？　えっ？　俺はいいからお前が使えって？　なに格好つけてるんですか、もぉ……でもちょっと嬉しいです。優しいですね先輩。ほら、よく言いますよね、優しいだけの男はモテないとか。でも、僕ちゃんは違うって思うんです。優しい人はやっぱり格好いいですよ。ありがとうございます、先輩♡」

「普通の青春してんじゃないわよ霜村！」

してねえよっ⁉　いや普通の青春はできるもんなら俺もしてえけど⁉

でもこれ普通じゃねえから！　ほとんどレーニャの一人芝居だぞ⁉　勝手に扇風機取りだして勝手に俺のセリフ捏造《ねつぞう》して独り言しゃべくり回してるだけだからなっ⁉　俺がツッコミ入れる隙を悉く《ことごと》潰して全部自分に都合のいいように創作しまくってやがる！　めちゃくちゃヤベーやつなんだけどこの子⁉

「先輩、今日は付き合ってくれてありがとうございます。でも彼女さんに悪いから僕ちゃんはこれで。今日はもうフェードアウトしようかなって……え、もう少し一緒にいたい？な、なんでですか……あ、なんだ、まだ彼女さん到着してなかったんですね。それじゃあもう少しだけ、一緒にいますか。彼女さん、まだ来てないならしょうがないですもんね。え？　そんな。イヤなんかじゃないですよ。僕ちゃんも先輩と一緒にいられて嬉しくて……えへへ、なんだか照れますね。でも、そういうんじゃないですから。彼女さんに悪いですし。……きっと綺麗《きれい》な人なんだろうなぁ、先輩の彼女。もう少しだけ遅れてくれないかなぁ……。えっ、あ、いや、なんでもないですよ！　ちょっと独り言しゃべっちゃっただけですから！　あははっ」

「なんであたしの存在が消されてんのよ霜村ぁぁああ‼　あたしここにいるんですけどぉ

ぉおおおっ！」

「知らねえよっ⁉　俺に言うなよ⁉　つーかなんだよこのレーニャ劇場⁉」

「ずっと楽しみにしてた夏祭り……ひょっとしたら先輩に会えるかもって期待してたら、まさか本当に鉢合わせするなんて。しかも彼女さんはまだ来てないなんて、どうしよう。きっとお邪魔虫だよね。こんなの間違ってるよね。彼女さんがこんな光景見たら、きっと怒っちゃうよね。僕ちゃんなんて早く消えたほうがいいに決まってるのに、でももう少しだけ、もう少しだけ先輩と一緒にいられたらなって……。あ、周囲をキョロキョロ見回してる綺麗な女の人がいる……あれってひょっとして、先輩の彼女さんだったりするのかな。……ヤだな、僕ちゃんより全然綺麗……あんなの勝てっこないよ……。えっ、いえ、その……な、なんでもないですよっ！　ほら先輩、金魚すくいがありますよ。一緒にやりませんか」

「寝取る気満々じゃないのよこの女ぁ！　逆に少女漫画みたいで面白くなってきたんですけどぉ！」

「俺も続きが気になってきたんですけどぉ！」

　さすがレーニャも天才クリエイターだった。漫画、イラスト、ラノベと様々な媒体を股にかけているが、その根っこにあるのは『ストーリーテラー』なのだろう。

「……先輩って僕ちゃんのことどう思ってるんだろ。きっとただの後輩だとしか思ってないよね。浴衣《ゆかた》が似合ってるって言ってくれたけど、きっとそんなのお世辞だもん。でも、お世辞でもちょっと嬉しかったな……あ、打ち上げ花火。上がっちゃいましたね。先輩、結局彼女さんと合流できませんでしたね。ずっと僕ちゃんと二人で、夏祭りを回っちゃって。なんかすみません、僕ちゃんなんかといても楽しくなかったですよね。え、そんなことない？　だって、僕ちゃんなんて、きっと先輩の彼女より可愛くないし……え、そんなことない？　ふふ、先輩って誰にでもそんなこと言うんですかぁ。天然だとしても女たらしですねっ。……他の女の子には言っちゃダメですよ？　……ああ、花火が綺麗……。先輩の横顔、格好いいな……。今、先輩の手をぎゅっと握ったらどうなるんだろ……僕ちゃんのこと意識してくれたりするのかな」

「いけっ！　握っちゃえ！　今が千載一遇のチャンスよ！」

「待て待て興奮しすぎだろ凜夏……」

なんで感情移入までして盛り上がってんだよ。レーニャもレーニャで止まらねえし。

「えっ、その女の人誰ですか？　えっ、その人が、先輩の彼女……？」

「キタぁ！　修羅場よ修羅場ぁ！　ここからどうなんのよ霜村ぁ！」

「知らねえよ俺に訊《き》くなよ」

「あっ……あはは、良かったですね、先輩。彼女さんと会えて……。じゃ、じゃあ僕ちゃんはこれで……お幸せにね……。さようなら、先輩……。バカだな、僕ちゃんってば……先輩には彼女がいるって知ってたのに……。なんで、涙が出てくるんだろ……。最初から、無理だってわかってたじゃん……。う、ひっく……」

「あぁ～……。元気出して。きっと他にもいい男いるわよ。もっといい男と巡り会うわよ。男なんて星の数ほどいるんだから、そんな鈍感ダメ男なんてさっさと切って次にいったほうがいいわよ。鈍感ってほんっと罪だから」

「なんで俺を睨むんだよ」

「えっ、先輩⁉　どうして僕ちゃんを追いかけて⁉　彼女さんはどうしたんですか⁉」

「まさかの逆転キタわね！　これは絶対あれよね！　自分のことをほったらかしにする彼女より、ずっと一途《いちず》に好きでいてくれた後輩女子のほうに情が移っちゃってって展開よね！　やっぱり最後に勝つのは純愛よ純愛！　そうよね霜村！」

「だから知らねえよ俺に訊くなよ」

「そうですか……先輩は３Ｐが好き。だから僕ちゃんにも交ざれと」

ん⁉　３Ｐ⁉　３Ｐっつったか⁉　３Ｐって言ったよな⁉

はっ？　どういうこと⁉　先輩、後輩女子を３Ｐに誘ったの⁉　どんな先輩だよ！

「……僕ちゃん、そういうの本当にダメなんで……先輩、これまで付きまとっちゃってすみませんでした。あの、僕ちゃんのことはもう忘れてください……はい、なんか、すみませんでした。じゃあ、そういうことで……。おしまい」

これで終わり⁉ なんだよこれ⁉ 何がどうなったらこうなるんだよ⁉ 超展開すぎんだろ！ これまでの甘酸《あまず》っぱい青春みたいな話なんだったの⁉ 凜夏なんて顎が外れそうなくらい愕然《がくぜん》としてるぞ⁉

「先輩♡ 射的ありますよ射的♡ あれで僕ちゃんのハートを撃ち抜いてくださいよ♡」

「お前は何平然と通常モードに戻ってんだよ⁉ さっきの話のラストについて、ちゃんと説明しろよ⁉ エヴァ並みに納得いかねえんだけど！」

「それとも金魚すくいで膜の破りっこします？」

「しねえよ⁉ つーか膜とか言うな！」

まともに相手するだけ疲れるが、こんなやつに限ってぐいぐい腕を引っ張っていくのだから厄介この上ない。

「ほらほら先輩！ 次はあれやりましょうよ、あれ！」

「ああもう、いちいち引っ張るなよ！」

レーニャはうちの母親ばりにぐいぐい先導していき、凜夏が「ちょっと、あたしを置いてかないでよ！」と半歩遅れてくるところまでそっくりだった。

◇　◇　◇

射的をするにしても、レーニャは二人羽織《ににんばおり》みたいな密着を要求してくるわ。

金魚すくいするにしても、肩を寄せ合うイチャイチャを要求してくるわで。

レーニャに振り回されてばかりの俺。今もまた、強引に組まされた腕をぐいぐい引っ張られる。

「あっ♡　先輩先輩、チョコバナナ売ってますよ♡　先輩のチョコバナナとどっちが大きいか比べてみましょうよ♡」

うちの母親みてえなこと言ってんじゃねえよ。

俺はもう完全に死んだ魚の目だったが、ふと、凜夏が不満げな顔をしているのが目に入った。

「悪い、凜夏」

「え。何が？」

「浴衣で草履だと、いつもより疲れるよな。ちょっと休憩しようか」

「あ……ううん、別に大丈夫だけど。……気遣ってくれるんだ？」

上目遣いに見上げてきて、俺はぽりぽりと頬を掻いた。

「当たり前だろ。こういうときは……男がエスコートするもんだし」

目を逸《そ》らしてぶっきらぼうに言ってしまう。もうちょっと格好良く振る舞えたら、俺も少しは女子ウケが良くなるんだろうけど。

凛夏はそれでも嬉《うれ》しそうにして、

「ありがと。……あんたのそういうところに、あたしは……へへっ」

と、はにかんだ笑みを浮かべた。

それが可愛《かわい》くて、俺もちょっと胸がキュンときてしまう。気恥ずかしさを誤魔化すために、俺はつい鼻の下をずずっと拭った。

糖分高めの、いい雰囲気だ。

……が、ここにはお邪魔虫がいやがるのだった。

「ちょっとー♡　何僕ちゃん抜きでいい雰囲気になってるんですかー♡」

無理やり組まされている腕に、露骨に胸を押しつけてくるレーニャ。

くっ……、そんなあざといお色気なんかに、俺は屈したりしないが……！　でもこいつ、たぶん凛夏より大きいぞ……！

「せんぱぁい♡　僕ちゃんも浴衣に草履で、いつもより疲れてるんですよ～♡　休憩しましょうか、休憩♡　もちろん、ホ・テ・ル・で♡」

「じょ、冗談でもそういうこと言うなよっ……！」

俺の動揺を見て、ニヤニヤと楽しんでいるのは弄ばれているようで悔しいが……しかし男の本能として、腕に柔らかい膨らみが押しつけられるというのは……！

「――ハッ!?」

瞬間、俺は殺気に気づいて振り向いた。

案の定、怒りにぷるぷる震える凜夏がそこにいた。

普段なら怒鳴られるところだが……今回に限っては、矛先は俺には向かなかった。

「もう許さない！　勝負よ貝塚レーニャ！」

プールでの美悠羽に続き、ついに凜夏までが勝負とか言い出しちまった……。

しかしそれも仕方ないかもしれない。レーニャと遭遇してから、ずっとレーニャのターンが続いている。俺は凜夏の彼氏役なのに、凜夏のラブコメ取材としては完全に破綻していた。

俺がレーニャを引き剝がし切れないっていう、情けないせいもあるけど、次回作のこともあるし、凜夏としては黙っていられないのだろう。

「そういうことだよな?」

「あんたはなんでそんな鈍感なの⁉」

あれっ⁉　違った⁉

しかし凛夏はもう俺に取り合わず、レーニャのほうを向いていた。

「ともかく、いい⁉　こいつの彼女は、あ、あたしなんだから!」

「ふーん♡」

いつものように両目を弓なりにして、レーニャは見下すように凛夏を睨《にら》み返す。

「それで?　どうすんだよ♡　どっちがこいつの彼女に相応《ふさわ》しいか、勝負するってのか♡」

「も、もちろんよ!　あたしのほうが、絶対霜村に相応しいんだから!」

普段は絶対言わないようなことを、凛夏が大声で言っている。役得にすぎる。俺はドキドキしっぱなしだ。しかし言った本人の凛夏がやはり恥ずかしくなったのか、「……や、やっぱり今のはなしで……」と頭から湯気を出してボソボソ付け足していた。

レーニャは受けて立つらしい。怯《ひる》んだ様子は一切ない。

「じゃあ彼女に相応しい条件ってなんだろうな?」

「そ、それは……!　ええと、て、手料理がうまいとか?」

嫁かよ。

「違いまーす♡　彼女に相応しい条件なんてのは決まってんだよ♡　そんなことも知らねえの？」

「なっ、中学生のくせにマセたこと言っちゃって！　じゃあ言ってみなさいよ！　彼女に相応しい条件って何よ⁉」

おい、またレーニャのペースに乗せられてんぞ⁉　火傷《やけど》する予感しかしねえんだけど！

「彼女に相応しい条件、それは……♡」

「それは？」

「彼氏をドキドキさせること♡　に決まってんだろ♡」

「なあっ⁉」

凜夏が赤面した顔で俺を見てくる。俺も緊張した。これから凜夏は、必死に俺をドキドキさせにくるってわけか。

「そ、そんなこと、できるわけ……！」

「ふーん♡　できないんだぁ♡　彼女失格ですねー♡」

「でっ、できるに決まってんじゃない！」

煽《あお》り耐性ゼロかよ⁉　もっと他の勝負でもいいんじゃねえの⁉

しかしレーニャは他人を苛《いら》つかせる天才らしい。凜夏はもうあとに引けない様子だ。

「いいわよ！　やってやるわよ！　霜村をよりドキドキさせたほうが、勝ちね！」

「チョロ♡」

ほらもう、すでにレーニャの一人勝ち状態じゃねえか。

しっかし、凜夏が俺をドキドキさせる、か……。どんなことしてくんのか、興味あるな……！　まあ、手を繫《つな》ぐとか、そのくらいしかできなさそうな気もするが。

だが、レーニャがそんなお子様なことを許してくれるはずもなかった。

「先攻もーらい♡」

「うわっ」

いきなりレーニャが正面から俺に抱きついてくる。俺の胸板に押しつけられる巨乳のふかふかな感触もさることながら、俺の首に腕を回して、顔を近づけるという、いつでもキスできる恋人スタイルだ。

「ばっ、やめろよ、お前⁉」

「そ、そうよ！　さすがにキスは反則よ！」

必死に顔を逸らす俺と、抗議する凜夏。

しかし想定の範囲内なのか、レーニャは余裕の表情だ。

「誰もキスするなんて言ってませんよ♡　先輩と一緒に、これを食べようって思ったんです♡」

レーニャが取りだしたのは、先ほど屋台で購入したおつまみ。スパボーという、細長い揚げ物。スパゲッティを油で揚げたものらしい。夏祭りの定番B級グルメの一つだ。

「これでポッキーゲームしましょ♡　せーんぱい♡」

「なあっ！」

「ほら、んー？」

片方の先端を咥《くわ》えて、キスするような顔でもう片方の先端を突き出してくるレーニャ。

さ、さすがに、これは健全な男としてドキドキせざるを得ない……！

レーニャはニヤニヤ笑う。

「どうしたんですか、せんぱぁい♡　ポッキーゲームもできないんですかぁ♡　そんなんだから、いつまで経《た》っても童貞なんですよ♡」

「……んだとっ？」

俺はこめかみに血管を走らせる。このガキ、いつまでも調子に乗ってられると思うなよ！

「後悔させてやるぜ。本当にドキドキするのはどっちか、思い知らせてやる！」

「あはっ♡　怒った？　でもどうせ口先だけなんでしょ♡」

「おう、口先で迫ってやらぁ！」

俺はスパボーの先端に食《く》らいつく。一気に数センチ進んだ。

「ほら、次はお前の番だぜ？」

俺は細いスパボーが折れないように注意しながら、ふがふが口を動かしてそう言った。

「……ふ、ふーん♡　ちょっとは男魅《み》せたじゃん♡　でもそんなんじゃあ、まだまだだよ♡えいっ♡」

ぽり、とレーニャも食らう。

俺は間髪入れずに、さらに食らいついた。二人の顔が急速に近づく。鼻息が掛かるような距離。さすがのレーニャも少し戸惑っている。

「つ、強がっちゃって♡　やめるなら今のうちですよ♡」

「お前のほうこそ！」

先ほどまでレーニャは経験豊富みたいに振る舞っていたが、この反応からすると強がりにしか思えない。じつはこいつも処女なんじゃないか？　普段はそれを必死に隠そうとしているのだ。なら俺はその弱点を思いっきり突いてやる！

俺たちはどちらも意地になって、ポリポリ、ポリポリ、と小刻みに食べて顔を近づけていく……そして。

さ、さすがに、唇の神経が、両者の中間で温められた空気の熱を感じ取り始める。つまり、キスまでほんの数ミリということだ！

「っ………！」

「………っ！」

もはや無駄口も叩《たた》けない。ちょっとでも唇を動かしてしまえば、その瞬間に相手の唇に当たってしまうかもしれないのだ。

や、やべえ……！　ギリギリまで進みすぎた……！　まさかここまで接戦になるなんて……！　レーニャのやつ、負けず嫌いがすぎるだろ！　てか、次どっちの番だっけ⁉

もはや微動だにできなくなってしまった俺たち。どうする。もう少しだけ進んでみるか、それともギブアップか⁉

俺は意を決して、あとちょっとだけ噛《か》み進んでみようかと思ったが――。

「ダメぇえっ！」

堪《たま》らず、といった感じで凜夏が割って入ってきた。俺とレーニャは強引に引き離される。

た、助かった……！　正直もっと早く止めてほしかったけども！

俺は唇を雑に拭う。決して触れてはいないが、残留していた違和感を拭い去りたかったのだ。

レーニャのほうも珍しく顔を赤くしていたが、それでも勝ち誇ったような笑みは健在で、小悪魔のように自分の唇に指先を当てていた。

「……あはっ♡　すっごいドキドキしましたね、先輩♡　またやりましょうね♡」

「二度とするか！」

さて次は凜夏の番だが……正直さすがの凜夏でも、もうレーニャが過激すぎて、ちょっとやそっとじゃ俺も動揺しそうにないんだが。

レーニャも、これだけのことを先にやれば、あとが続かないだろうと高をくくっている様子だ。

実際ハードルがめちゃくちゃ高い。どうするつもりだ、凜夏⁉

「……」

少し目を逸《そ》らして間を取った凜夏だが、次の瞬間に禁断の呪文を口にした。それは、過去最高に俺をドキドキさせる一言になるのだった。

「霜村の好きな人、誰？」

ドドドドドドドドドドドドドドドドドドドドドドドドッッ‼

てめえ、なんて質問しやがる⁉　それは絶対にしちゃいけねえ質問じゃねえか！　いくらレーニャに負けたくないからって、やっていいことと、いけないことがあるんだぞ⁉

「ほ、ほら、どうしたの？　言いなさいよ？　好きな人の一人や二人、いるんでしょ？」

一人しかいねえよ！　しかも目の前にいやがる！　だから言えるわけねえだろ！

凛夏の野郎、とんでもねえこと思いつきやがって！　なんでこんな唐突に告白イベントに突入するんだよ⁉

俺は全身が熱くなり、背中から滝のような汗が流れ落ちる。

凛夏のほうは目を逸らして、何やらモジモジしている様子だ。

「ま、前から訊《き》きたかったんだよね……。ねえ、し、霜村……す、好きな人、いるの？いないの？」

だからさあ、お前さあ、ホントにさあ！

「質問に答えなさいよ！　好きな人、いるの⁉　いないの⁉　どっち⁉」

俺は勢いに押されて、思わず呟《つぶや》いてしまう。

「い、いる……けどっ」

「っっ！」

凛夏はせわしなく目を泳がせて、急に髪型とか気にし始めた。

大丈夫だよそのままでも充分に可愛《かわい》いよっ。だからもうこれ以上俺を萌《も》えさせるのやめてくれ！　死ぬ！　俺死ぬ！　もうすぐ死ぬ！

凛夏は上目遣いになって、チラチラと俺を見上げてくる。可愛い。浴衣《ゆかた》の裾を、ぎゅっと摑《つか》んで皺《しわ》を作っていた。可愛い。

こんな反応するってことは、やっぱり凛夏のやつ、俺とは両思いなんじゃねえの⁉　これまで散々勘違いするなって言われてきたけど、でも、だって、これは、どう見てもさぁ……‼

「き、聞かせてよ？　し、ししし、霜村の好きな人って、誰かって！」

しおらしく、けれど勇気を振り絞って訊いてくる。

俺はもう喉がカラカラになって、全身から汗を噴き出させる。

「お、俺の好きな人……！　そ、それはっ……！」

「それはっ？」

チラリ、と上目遣いに見上げてくる凛夏。目が合う。瞬間、その潤んだ瞳に俺のハートは撃ち抜かれ、俺の中でタガが外れた音がした。

いいぜ、やってやる……！

俺は、覚悟を決めたのだ。

告白する覚悟を！

頭が沸騰しそうだったが、凜夏の両肩を掴み、正面から向かい合う。凜夏もびくっと震えていた。

「俺が好きなのは！」

「う、うんっ！」

「おまぇ『マミー！　マミー！　緊急事態！　ハルくん助けてぇ～！』母親ぁぁぁあああああああああああああああああっっっ‼⁇」

突然に響き渡った音声と、ポケットを震わせるバイブに俺は仰天して奇声を発してしまう。そう、何度も何度も、設定変えても元に戻してくる。うちの母親が、また電話をかけてきたのだ。

「ちくしょう、何なんだよ！　こんなときに！」

俺は凜夏から離れ、スマホを取りだした。やはり『あなたの大好きなお母さんとのホットライン☆』さんからの着信だった。

いつもなら出たりしないが、さすがに今回は俺も出た。

「ふざけんな！　あんたはいつもいつもぉ！」

『ふぇーん、いきなり怒らないでハルくーん！　今日のお夕飯をどうするか訊きたかっただけなの～！』

だからそういうところだぞ！　まったくうちの母親はよぉ！

外で食って帰るからっ、と俺は怒鳴り散らし、乱暴に通話を切ってポケットに戻した。

それから凜夏に向き直る。

「す、すまんな、凜夏……。それで、話の続きなんだが……」

「あ……ううん、もうわかったから、霜村。ちゃんと、聞こえたから」

「えっ⁉　そう⁉」

俺が凜夏を好きだってこと、ちゃんと伝わったのか⁉　ええっ⁉　伝わっちゃったのかよ⁉

急に思い出したように緊張してくる俺に、凜夏は引きつった笑みで応えた。

「あんたの好きな相手……母親だったんだ……」

えっ？

「いや、ええっ！　ち、ちがっ！　何言ってって！」

「だって、さっき、俺が好きなのは、母親ぁ、って絶叫してたし……」

「ち、違《ちげ》えよ⁉　それ誤解っ！　違うんだってぇえっ！」

俺は慌てて誤解を解こうとして、凛夏の肩を揺さぶるが……。

凛夏はどこか遠い目をして虚《うつ》ろな表情になり、うわごとのように言い始める。

「……ふ、ふふ、そりゃそうよね、ギリ神なんてあんな小説を書くくらいだもの。仲良すぎるなぁ、とは思ってたけど……お母様のこと、本気だったんだね、霜村……」

「ばっ、ち、違えよ⁉　何言ってんだよおい⁉」

「確かにお母様は若くて綺麗《きれい》で、スタイルも抜群で……で、でも！　やっぱり母親ってのはダメよ！　あ、あたしが！　霜村の目を覚まさせてあげないと！」

「だから、何言ってんだよ凛夏⁉　頼むから話を聞いてくれぇぇ⁉」

とんでもねぇ誤解をされちまってる！　一番恐れていたことが現実にぃぃ‼

必死に弁明する俺だが、凛夏はもう思い込んでしまって何やら使命感に駆られた様子で、まったく話を聞いてくれない！　どうすりゃいいんだよ！

一方で、そんな俺たちを見て、

「……ぷっ。あははっ」

レーニャが初めて、心の底から笑ったような無邪気な笑みを浮かべていた。

◇　◇　◇

夏祭りには、あのプールでも見かけた子どもたちがいた。そう言えば同じ地域だったたか。

子供用の甚兵衛《じんべえ》に、頭にはお面をつけた小学校低学年くらいの男女が、数人だ。

やはりレーニャとは親しい関係らしい。

「レー姉ぇ、その男だれぇー？　彼氏？」

「よくわかったな、くそガキども♡　ほらポチ、挨拶しろよ♡」

「俺はお前の彼氏でもねえし、ポチでもねえよ」

ウザ絡《がら》みしてくるレーニャを引き剝がそうとするが、こいつは俺から離れようとせず、
むしろ俺を引っ張って夏祭りを楽しもうとするのだった。

「レー姉の彼氏とか、おまえもナンギなやっちゃなー。苦労するでぇー」

「せやなぁ。どーじょーするわぁ」

「つよく生きろよ、レー姉の彼氏ぃー」

なんで関西弁のガキどもに同情されなきゃいけねえんだよ！

「いいかお前ら、俺はこいつの彼氏じゃねえ！　俺が付き合ってんのはこっちの子！」

凜夏を手で示す。あくまでもふりだが、それでも凜夏は「っ！」と緊張した顔をする。

子どもたちはポカンとしてから、ぱあっと笑った。

「またまたご冗談をぉー」

「あんな美人が兄ちゃんと付き合うわけないやんけー」

「背伸びせんとしっかり地に足着けてけやぁー」

近所のおっさんかよこいつら⁉　身長とか俺の半分しかねえくせに、昔から知ってるみたいに馴《な》れ馴れしくして来やがる！

「なああ、見栄《みえ》っ張りの兄ちゃん、ごっこ遊びしようや」

「見栄張ってねえし、面倒くせえけど、話だけは聞いてやる。何ごっこだ？」

「呪いごっこや。兄ちゃんが呪い持った鬼な。タッチしたら呪いを他人に移せるで。全員呪えたら鬼の勝ちや」

「いきなりダークだなおい。鬼の気持ちを考えたことあんのか。それぜってー鬼がバイ菌扱いされるやつだろ」

「兄ちゃんはバイ菌やからええやろ♡」

「上等だコラァ！　レーニャの申し子どもめえ！　この俺を煽《あお》ったこと後悔させてやらあ！」

鬼の形相で追いかけ回す俺。子どもたちはキャッキャと楽しそうにしながら、狭いスペースを縫うように駆け抜けていく。まるでスラム街を熟知したストリートチルドレンだ。

あーもう、これ絶対、全員捕まえんの無理だぞ。

しばらく捜し回ったが、やはり一人も捕まえられなかった。

ようやく見つけたときにはもう、子どもたちは別の遊びを見つけ、俺抜きで楽しんでいるようだった。ガキどもにハブられる俺の気持ちよ。

ええと、ここどこだ？

キョロキョロ見回すが、どうやら凛夏とすっかりはぐれてしまったらしい。

万が一はぐれたときは、運営のテント近くに集合、ということにしてあった。敷地《しきち》内の中心的な位置にあるので、わかりやすそうだからだ。

歩きながら、俺は改めて会場を見回してみる。屋台や提灯《ちょうちん》ですっかり夏祭り仕様だが、やはりどこか小さい学校のような気配がする施設だ。普段はなんの場所なんだろうな。

「……貝塚レーニャ、か」

それにしても、と俺は思うのだ。

凛夏と手分けして調査すると決まった際、俺は主に貝塚レーニャの作品について担当した。

授賞式に展示されていたのもそうだったが、レーニャの作品の多くがシリアス系で残酷描写の多いものだった。しかし地獄みたいなその世界でも、必死に足掻《あが》く人間模様が人々の心を打つらしい。現在月刊誌で連載中の漫画なんかはアニメ化を望む声も多くて、俺も一読者として楽しめた。

ただし、すべての作品がそうではなかった。

作品を制作時期ごとに並べてみると、初期の作品に関しては明るくほんわかとした、日常系の作品も多かった。これといった大きな事件も起こらない、誰かが傷つくこともない、本当になんでもない日常を描写しただけの作品だ。

ストーリーとしては山なし谷なしで起伏に乏しくて、エンタメ派の俺にとっては物足りなさも感じちまう。だけど、それでも不思議な魅力があった。人を信じて疑ったことがないような、そんな純真な作家が描いたんじゃないかって思わせるような、児童文学や絵本みたいな印象も受けた。

それがどうしてか、ある時期から急にダークな作風に傾倒したようだ。人の心を踏みにじるようなエグい展開、尊厳を破壊するような残酷描写、努力が報われず、性格のいいキャラから先に死んでいく。とても子どもには見せられないような、過酷な作品がほとんどとなった。

だけど、レーニャの人気が出始めた時期が、それと一致するのは皮肉だ。

まあ、ストレスフリーが売れるという意見には反対派も多い。大ヒットした作品ほど実はシリアス系だったりする。俺の感触としては、ストレスフリーは〝大ハズレもしにくいが、大当たりもしにくい〟だ。大ヒットを飛ばす、よりたくさんの人の心を動かすのは、やはりシリアス系なのだろうと思う。

それはともかく。

あんな小さい子にこんな重厚なシリアスが描けるなんて、俺は信じられない。レーニャはまだ中学生だ。それが、ここまで重みのある作品を描けるだろうか？

いくらなんでも、天才の一言じゃ済まない気がするのだが。

と、考えに耽《ふけ》っていたら。

「良かった、また会えましたね」

無邪気な微笑《ほほえ》みを浮かべる妙齢の美女——貝塚理事長、と呼ばれていた女性が、そこにいた。

「あの、これ、タダ券――ひゃあっ！」

また何もないところで盛大にズッコケる。……大変だなぁ、この人も。タダ券がぱらぱらと宙に舞っていた。

「大丈夫ですか」

「あ、はい、すみません。お優しいですね」

「身近に似たような人がいるんで」

母親な。あれも何もないところでズッコケるからな。昔から。で「ハルくん痛いよぉ」なんて泣きついてくるから、小さい頃から俺は「痛いの痛いの飛んでいけ～」って美礼にしてやるんだよ。親子の立場逆なんだよなマジで。

俺は母親にしてやるように、彼女を立たせてやった。

「怪我《けが》はなさそうで良かったです。ええと、貝塚理事長って呼ばれてました？」

探りを入れてみることにした。もしこの人が俺の思っているとおりの人物だとしたら、いろいろ裏情報を洩《も》らしてくれるかもしれない。

「あ、はい。貝塚ひよりと申します。あなたのお名前を訊《き》いても？」

「霜村春馬《はるま》っす。貝塚さんはまだお若いでしょうに、理事長なんて肩書きは凄《すご》いですね」

「いえいえ、そんなことありませんよ」

貝塚理事長は手をぶんぶん振った。

「先代から受け継いだだけです。実力は全然伴ってなくて、皆さんにご迷惑ばかりおかけしているんです」

困ったような微笑を浮かべる。確かにドジで間抜けそうだが、それでも大事な役目を任されるということは、人柄がいいんだろう。周囲が助けてくれるなら、当人が辣腕を振えなくても構わないという、おそらく先代とやらの采配か。

「ひょっとして都の美術特待生の審査にも一枚噛《か》んでます？」

「ええっ、どうしてわかったんですか⁉」

……いちいち素直だな。少しは知らないふりしたほうがいいんじゃないか。

「知り合いがその候補に挙がってたんですよ。もう落選したんですけど」

美悠羽との繋《つな》がりを悟らせないために嘘《うそ》をついた。

貝塚理事長は何も疑わずに「そうだったんですかー。落としちゃって申し訳ありません……」と済まなそうにしてくる。だから素直すぎるってこの人！

もうなんか、この時点でいろいろ察せられるな。レーニャが言っていた、理事長がレーニャに影響されて最終試験の内容を決めたっていうのも、本人は良かれと思ってやったんだろう。「絵にはストーリー性の表現が重要⁉」 確かにレーニャちゃんの言うとおりかもしれない。それでいきましょう！」みたいなアッサリしたノリだろ絶対。

「噂《うわさ》で聞いたんですけど、今年の美術特待生の合格枠が一人っていうのは本当ですか？」

「う、噂になってるんですかぁ⁉　大変、どこから漏れたんでしょう⁉」

いや絶対あんただよ。間違いなくあんた。あんたしかあり得ないと思う。

「困りましたねえ。試験の内容や合否に関することは、絶対に外部に漏らしちゃいけないのに」

でしょうね……。

「では、ここだけの秘密ということで」

「あ、はい！　お願いしますね！」

にぱー、と花みたいな笑顔をしてくる。いやもうここだけの秘密にしても意味ねえと思うんだけど、まあいいや。

俺と理事長はタダ券でカキ氷を買い、食べ歩きする。凛夏とはぐれたということは伝えてある。

「レーニャと同じ苗字《みょうじ》ですよね。親戚か何かですか？」

年の離れた姉、という可能性もないではなかったが、まったく似ていない。たとえ血が繋がっていたとしても、遠縁なのだろうと推定した。

しかしここで、理事長は少し気まずそうな態度を取った。

「あ、レーニャちゃんとはお知り合いみたいですけど、そこらへんの事情は知らないんですね……」

「？」

なんだそりゃ。複雑な家庭なのか。

理事長は押し黙って、ストローでカキ氷の山をザックザックと何度か突き刺した。

そしてようやく、口を開く。

「……レーニャちゃん、ああ見えて意外と、子どもたちの面倒見がいいんですよ。下の子たちからは結構な人気者で……」

「ええ、そうみたいですね」

俺は相づちを打ちながら、微妙な違和感を覚えていた。

理事長の口ぶりだと、レーニャには年下の弟や妹が何人もいるような感じだ。しかし俺が目にした『レーニャと仲のいい子どもたち』は、どう見ても近所のガキどもといった感じで、レーニャとの血の繋がりが感じられるものではなかった。

何か、ピースが足りない気がする。たぶんそれは、俺だけが知らないことだ。凛夏も知っている。理事長も当然知っている。たった一つの情報でも、それは全体図を描くためには重要なピース。俺はそれがわからないから、話についていけていない。

情報を引き出すため、俺は他の話題を振ってみた。

「そう言えば、レーニャって市民プールで監視員のバイトしてたみたいですけど、いいんですかね。中学生でしょう？」

バイトは基本的に高校一年からだ。経済的にどうしても困窮している場合のみ、新聞配達などが特例として認められる。いつか創作関係で調べた。

「そもそも、レーニャは漫画家として印税や賞金をたくさん貰《もら》ってるんですよね。バイトはお金が目的じゃないってことですかね」

「あれはボランティアですよ。とても助かっているんです。……預けられる子どもたちが年々増えて、職員だけじゃ手が足らなくて」

……ん？　職員？　預けられる子ども？

「賞金や印税も、ほとんど全額、この施設に寄付してくれて……社会人になったＯＢたちでも、そこまで多額のお金は寄付できないのに」

それって。

「やっぱり、知らなかったんですね」

理事長は俺を見て、気遣うような表情を見せた。

「たぶん、ここがなんの施設かも知らないんでしょう?」

「ええ、知らずに連れてこられて、入口の表札も人混みでよく見えなくて……」

やはりそうでしたか、と理事長は小さく呟《つぶや》いていた。

そして次に顔を上げた。これまでの頼りない雰囲気はなりを潜め、責任を負いながらもしっかりと二本の足で立つ、大人の表情だった。

「ここは児童養護施設の一つ、『貝塚学園』——。親から引き離された子どもたちや、そもそも親がいない子どもたちを引き取って、一緒に暮らす場所なんです」

ささやかな打ち上げ花火が上がり、理事長の複雑な表情を明るく照らした。

「レーニャちゃんは、わたしと同じ——捨て子なんです」

第四章『母親と温泉卓球で人生詰んだ』

クリスマスだろうか、雪が舞い散る寒そうな光景だった。

普段は薄汚いスラム街で暮らしているのだろう一人の孤児が、暗い路地裏から、ふと明るい大通りのほうを見た。

裕福で幸せそうな三人家族がいる。汚れ一つない綺麗《きれい》な服を着て、両手を親に繋がれた楽しそうな子ども。母親はとても優しそうで、父親はたくさんのプレゼントを抱えている。きっと、家に帰ってその箱を開けるのだろう。温かい暖炉があって、母親の美味《おい》しい手料理を、みんなで食べるのだろう。

スラムの少女は、それをなんとも言えない複雑な表情で眺めている。宿っている感情は、嫉妬でもなく、憧れでもない。怒りでもなく、悲しみでもない。いや、あるいはそのすべてが綯《な》い交《ま》ぜになっているのか。

格差。乗り越えようのない絶対の差異に直面し、上にいるものをただ眺めるしかできない無力感。目を逸《そ》らせばいい、泣きたいなら泣けばいいのに、それすらできない不遇の子ども……。

タイトルは『名無し』。

貝塚《かいづか》レーニャの出世作となった、一枚のイラストだ。

それは美悠羽《みゆは》のイラストに足りないものを、すべて備えていた。

俺は自分の部屋でノートPCを開き、改めてそのイラストに見入ってしまう。

あの夏祭りから数日が経《た》ち、八月に入っていた。世間はまさに盛夏、けたたましい蟬《せみ》の声が、閉め切った室内にまで聞こえてくる。

クーラーだけでは足りない。扇風機が首を振って生ぬるい風を送り込んできて、俺の肌からは汗が滲《にじ》み出ている。

だが、レーニャのことを思い、俺の心は凍えそうだった。

貝塚理事長と話したあと、運営のテントに戻ると、凛夏《りんか》とレーニャがそこで待っていた。

「あっ♡　せんぱぁい♡　ようやく帰ってきた♡」

その生意気で憎らしい態度は、しかしもう俺の中では別の意味を持っていた。

似ている、と思ったのだ。俺が先日しのぎを削り合った、あの子に。

「レーニャ……少し話さないか」

「？」

レーニャはきょとんとしたが、凜夏や理事長は俺の態度から何かを察したようだった。

忙しい理事長は誰かに呼ばれていったが、凜夏と俺とレーニャで建物の近くに座った。

そして俺は話し始めた。

ある不幸な女の子の話。その子は早くに母親を亡《な》くし、父親は育児から逃げ出した。祖父母の元でなんとか不自由のない暮らしはできたが、少女はいつも父との再会を夢見ていた。半ば育児放棄した父親であっても、それでも少女はふたたび家族としての絆《きずな》を取り戻すのだと信じていた……。

その子の問題はどうにか解決することができたが……。

「レーニャ、お前が性なる三角痴態のイラストをけなしたのも、同じように、ひょっとして『家族』が原因だったのか……？」

レーニャはすぐには答えなかった。いつもみたいに生意気そうな顔で、こちらを挑発するようなことも言わなかった。ただ、小さく、こう言った。

「……先輩には、どうせ理解できませんよ。〝持ってる側〟ですからね」

突き放すような、冷たい口調だった。

俺はレーニャが捨て子であることを直接指摘したわけではなかったが、レーニャは俺が知ったことに気づいたようだ。しかし、だからこそ溝を開けたように見える。先ほどの俺の話し方なら、それも当然か。

俺が何かを言おうとするのを、遮るようにレーニャは立ち上がった。

「僕ちゃん、物心ついたときからこの施設で暮らしてたんです。ここは親がいなかったり、いても別居してるのが当たり前なんで、家族なんていうのはよくわからなかったし、大して気になりませんでした。ここで暮らす子どもたちや、職員の先生たちが家族でした」

そうだろうなと俺も想像する。理事長からも似たような説明をされていた。

「僕ちゃんは絵が得意だったんで、みんなからもよく褒められましたし、絵本や紙芝居を自作してみんなに読み聞かせたりもしていました。『ヘンゼルとグレーテル』をパクったやつとか、ほのぼのとした家族愛のやつとか」

家族の意味なんて知らなかったくせに——。小さく呟いて、レーニャは足下に転がっていた小石を蹴った。

「自分が周りと違うことはなんとなくわかってました。髪の色がみんなと違うし、同年代と比べて、体型や顔立ちも違うし、名前も、他の子たちとは響きが違うし……。知ってますか、先輩。こういう児童養護施設でも、孤児って滅多にいないんですよ。ほとんどみんな、DVとか育児放棄とかで、親元から引き離された子どもたちなんです。みんな、親がいるんですよ」

不気味なほど平坦《へいたん》な声で、レーニャはそう言った。

「みんな自分の親がいるのに、僕ちゃんにはいないんだなーって。なんでなんだろうなって。職員の先生たちに、どうして僕ちゃんだけ親がいないのって訊《き》いても、曖昧に笑って誤魔化されるし。僕ちゃんバカだったんで、別に気にしなくてもいいのかなって思ってたんです。親がいなくても、ここにいるみんなが家族なんだって、そう思っていました」

それでいいじゃないかって、俺は思ってしまうが、口を挟むのは憚《はばか》られた。レーニャから滲《にじ》み出す不穏な気配が、安直な言葉を発するのを許さなかった。

「でもある日、聞いちゃったんですよ、僕ちゃんは捨てられたんだって」

レーニャは意味なく爪先で地面を掘っていた。ザクッ、ザクッ、と……無機質な音が、夏祭りの喧噪《けんそう》よりもヤケに大きく聞こえた。

「僕ちゃんは別に聞くつもりはなかったし、先生たちも教えるつもりはなかったんだと思います。たまたま、話し声が聞こえちゃったんですよね。『レーニャちゃんって、捨て子なのに、いつも笑顔で、いい子だね』って」

いい子って何？　レーニャはゾッとするような平坦な声でそう言って、一際《ひときわ》強く、爪先で地面を蹴り込んだ。

俺は隣の凜夏を見た。彼女は眉をハの字にしてこちらを見返してくるのみだった。レーニャは本名で活動していて、捨て子であることもネットに情報が載っているらしく、凜夏はそれを調べて知っていたのだろう。

孤児だったとしても、もしもレーニャの両親が、例えば事故なんかで亡くなっていたのなら、また違っていたのかもしれない。あるいは、病気か何かで、会いにくることができないとか、犯罪でも犯して服役中だけど、いつか迎えにくるつもりでいるとか、そういうことなら、また違っていたのかもしれない。

「『捨て子なのに、いつも笑顔で、いい子だね』って、何なんですかね」

言葉の句切りごとに、ザクッ、ザクッ、と地面を蹴るレーニャ。草履で、ほとんど素足で地面を蹴っているに等しい。爪が割れるかもしれないのに。痛々しい光景だ。

捨て子なのに。

その言葉を聞いてしまった幼いレーニャの心情は察するに余りある。言うべきではなかった失言だ。聞こえるべきでなかった不幸だ。いつも笑顔で、いい子だね——それだけで良かったはずなのに、なぜ、どうして、捨て子なのに、と付け足してしまったのか。そのたった一言が、どれだけレーニャの心を傷つけ、深い傷跡を残してしまったことか。

「僕ちゃん、何かそのときに、糸が切れたみたいになって。何を食べても美味しくないし、どんな遊びもやる気出ないし、楽しくないし、先生たちの笑顔が、なんだか、胡散臭《うさんくさ》く感じられちゃって、しばらく絵も描けなくて、描く意味がわからなくて、何やってんだろうなーみたいな。そんな感じで、ただぼんやりしてて。他の子が無邪気に過ごしているのが、意味わかんなくて」

なんでなんだろって。なんでこんな不平等なんだろって思って……。

レーニャの声がか細くなり、消え入りかかったが、

「でもあとで、ちゃんと問いただしたんですよね、自分がここにいる経緯とか、理由とか。最初は先生たちも教えてくれなかったんですけど、しつこく食い下がったらようやく教えてくれました。信じられます？　ピンポンダッシュだったんですって。チャイムが鳴って職員の先生が出ていったら、門の前に置かれてたらしいですよ。生まれて間もない赤子が。乳児が。安っぽい布に包まれただけの状態で、放置されてたんですって。笑っちゃいますよね。そんなに、僕ちゃんのこと、どうでもいいんだって。そのくせ、『レーニャ』って書かれたメモ紙だけはあって。まるで、まだ、所有物みたいでしょう？　捨てたくせに、名前だけはつけてるとか、何なんだよそれって、思いません？」

知らねーよ、お前がつけた名前なんか――。誰にともなく呟きながら、レーニャは足を上げ、地面を踏みつける。裾が乱れるが、気にした様子はなかった。何度も、何度も、く

り返す。

「なんだよ、レーニャって。なんで、捨てたくせに、名前は残しとくんだよ。いらねーくせに、どうでもいいくせに、名前だけは、残しやがって」

それは、レーニャにとって一つの呪いかもしれなかったが、今はレーニャ自身が、一つの怨霊《おんりょう》のようだった。

やがてレーニャは地面を踏みつけるのをやめ、夜空を見上げた。俺の位置からは表情が見えなかったが、レーニャはきっと、能面のような無表情だっただろう。

「全部が嘘《うそ》に見えたんですよね」

レーニャはそう言った。

「この施設に入所するとき、初めての子にはよく言われるんですよ、『ここを新しい家だと思ってね』って。でも、ここ、家じゃないですね。これの、どこが、家なんですか？全然、家じゃないですね。他にも、『ここで暮らすみんなのことは、兄弟だと思ってね』とか、言われるんですけど、別に、他人ですよね。なんで、他人を、兄弟だとか思わなくちゃいけないんですか。おかしくないですか」

夏祭りは盛り上がり、施設の子どもたちが未《ま》だ元気いっぱいに遊んでいる。手持ちの小さい花火で、無邪気にはしゃいでいる。

あの子たちの世話を、レーニャも引き受けていたはずだ。しかしその内心では、果たしてレーニャはどういう気持ちで、下の子たちの面倒を見ていたのだろう。

「全部、嘘なんですよね。僕ちゃんの他にも捨て子がいたり、本当の親と二度と会えなくなったりした子は他にも少なからずいて、貝塚って苗字《みょうじ》を当てられたりするんですけど、みんな、他人ですからね。同じ苗字で、同じ施設で育ったとしても、他人は、他人なんですよ。家族なんかじゃないんです」

血の繋《つな》がりがなければ、本物にはなれない……。レーニャはそう言っているようだった。

凛夏が堪《たま》らずといった調子で立ち上がった。

「そんなこと、ないわよ。義理の関係でも、家族は家族でしょ」

俺もそう思う。いや、そう思いたい。美礼《みれい》や美悠羽と血の繋がりがなかったとしても、俺はきっと二人のことを家族と思い続ける。大切なのは、血の繋がりなんかじゃなくて、心の繋がりなのだと。

しかし。

「綺麗事《きれいごと》、言わないでください。部外者のくせに」

振り向いたレーニャは、刺すような視線を向けてくる。

「家族がいる人には、この気持ちは理解できませんよ」

ドスの利《き》いた強い口調に圧倒され、俺と凜夏はそれ以上、何も言えなかった……。

そして俺たちは言葉数少なに帰路についたのだった。

最初、凜夏が帰り際《ぎわ》にまとめて話す、と言っていた意味がようやくわかった。もしレーニャが捨て子だと先に聞いていたら、俺はきっと夏祭りを楽しめなかっただろうし、レーニャを見つけ次第問いただして、夏祭りどころじゃなくなっていただろう。

あれ以来、俺はレーニャのことをよく考えてしまう。彼女のことをまったく理解できていなかった。美悠羽の試験の作品のこともあるし、美礼の次回作も未《いま》だ滞っている様子で、解決しなきゃいけない問題は他にもあるのに、レーニャのことも抱え込もうとしてしまっている自分自身に、呆《あき》れるしかない。

しかし、こんな状況は初めてかというと、そうでもない。つい三ヶ月ほど前にも、俺は余所《よそ》の家族の話に首を突っ込んだのだった。

俺はあのときの人物に電話をかけてみることにした。

『ハロー。「今度オンラインサロンを立ち上げるで」千里《せんり》えびでんすとは、ウチのことや！』

「なんで空気読まないんですか」

『いきなり電話で何やねん⁉　そっちの空気とか知るわけないやろ！』

「なんでまたエセ関西弁使ってるんですか。美少女アワードの授賞式では標準語でしたよね。きめせく先生がいたからですか？」

『パパは関係ないし！』

しかし受話器の後ろのほうで『むっ⁉　呼んだか千里⁉』と父親がいちいち反応しているようだった。絶対メガネがキラーンって光ってる。

『なんでもないから！　……で、なんやねん種付けプレス。いきなり電話してきて。まあ、おまいさんのことやから、また何か面倒事でも背負い込んだんちゃうんか？　……ウチの声が聞きたかったたっていうんでもええねんけど』

「よくわかりましたね」

『えっ！　あっ、そう⁉　ウチの声が聞きたかった感じ⁉』

「は？　いや、別に」

『………』

突然向こうが無音になった。冗談ですって、と俺は慌てて取り繕った。

「千里さんの声っていい声ですよね。たまに聞きたくなる」

『薄っぺらいお世辞はケンカ売っとるようにしか聞こえへんで』

挨拶はこのくらいにして、と俺は言って、

「ちょっと訊きたいことがありまして。意識高い系社会派ラノベ作家の千里さんだからこそ、の話です」

『ラノベ作家やなくて一般文芸作家やけど、たまたまラノベレーベルから刊行されてるだけやで』

面倒くせえよこいつ！　そうだよこういうやつだったよ！

「千里さん、貝塚レーニャって知ってます？」

『知らいでか。人気急上昇中の中学生プロ漫画家やな。いつかウチともコラボしてほしいわ』

千里もアニメ化経験のある人気作家だ。それが一目置いているというのは、さすが天才・貝塚レーニャといったところか。

『そう言えば、おまいさん、びしょアワの授賞式で揉《も》めたらしいやんけ』

「びしょアワって略し方やめません？　なんか卑猥《ひわい》なんですけど」

『どこが卑猥やねん！　びしょびしょのアワ……確かになんか卑猥やな！　さすが種付けプレス！　思考が完全に下ネタや！』

くそっ、自分で振っときながら火傷《やけど》したわ！

「で、そうそう、今レーニャと揉めてるんですけど、千里さんって家族崩壊に関して詳しいですよね。そこらへん、ちょっと話聞きたいなって思って」

『レーニャが捨て子やからか』

「知ってるんですね」

『レーニャが自分で言いふらしとるわ。それで自分の作品に付加価値がつくからな。計算高いやっちゃで』

自分の生い立ちをネタに使う。売れるためなら何でもするのが、同業者として感心する一方、畏怖も半分といった口調だった。

しかし俺は疑問に思う。レーニャのあの様子からすると、そんな守銭奴的な理由から、自分が捨て子であることを公表しているのではないだろう。

ひょっとして自分を捨てた親から見つかりやすいように……なんて考えは、レーニャに言わせれば『綺麗事』で噴飯ものだろうから、そうではない。

おそらく、自虐、ないし自傷行為に似た何かだろう。自暴自棄になっているような気がする。あるいは開き直り。自分が捨て子である事実に直面し、耐えがたいにもかかわらず、一周回って掲げて見せるという、倒錯した行動。その心情は余人には想像に絶する。

そういった話を聞かせると、千里は、

『そうか……』

と小さく言った。

『そういう子も、これからの時代は増えていくんやろな……。なあ種付けプレス、親元から離れて暮らしとる子どもが、全国にどれくらいおるか、調べたことはあるか？』

「いえ……」

『約四万人や』

そんなに。

『ほとんどがＤＶや育児放棄で、親元から引き離された子どもたちやな。ただ児童相談所の権力も限定的やから、その力が及ばない範囲で、親に見放された状態や、充分な愛情を受けられていない子どもは、もっとたくさんおるやろな』

それでも捨て子までいくんは少数やけど、と千里は付け足して、

『せやけど、ウチはこういう子どもはどんどん増えていくって思てんねん。子どもの生活環境の悪化は、ある一つの指標と密接な関係がある』

「なんですか」

『貧困や。日本は一応まだ先進国に数えられとるけど、格差社会が進んで中間層がどんどん貧困層に落ちとる。親が貧乏やとそのしわ寄せは子どもにいく。恵まれない子どもは

益々《ますます》増えるやろ。治安も悪くなるやろうし、日本にもスラム街やストリートチルドレンが現れるのも時間の問題やで』

貧困。格差。スラム街。ストリートチルドレン。

それらの単語は、レーニャの出世作となったあのイラストを思い出させた。

タイトルは『名無し』。

俺は、レーニャ自身をモデルにしたフィクションかと思っていた。しかし千里の話を聞いてみると新たな一面が見えてくる。

格差が進み、親のいない孤独で薄汚れた子どもと、親に愛されて裕福で幸せな生活を送る子どもの対比図……そう、あれは未来の日本の姿だったのだ。

いや、レーニャが本当にそこまで考えて描いたのかは定《さだ》かではない。今から二年前の作品ということだから、まだ中一。さすがに社会派の知識や考えがあったと思うのは買いかぶりすぎかもしれない。だが、優れたクリエイターはアウトプットだけでなく、インプットも優れている。ならば天才的な洞察力を持ち、物心ついたときから養護施設で育ったレーニャなら、そこから未来の日本の子どもたちを推測できても不思議ではない。

レーニャの抱える悲憤は、個人的なものではないのかもしれない。想像力が異常発達した天才クリエイターだ。その思考は自分だけに留《とど》まらず、周囲の子どもたちや、未来の子どもたちのことまで考えられているのかも。

──『どうでもいいくせに、名前だけは、残しやがって』

レーニャは自分が捨て子なのに、名前だけはつけられていたことに不満を抱いていた。

しかし、未来の日本の子どもを描いた作品、そのタイトルは『名無し』──。

名前すらつけられない子どもたちがいる未来……。それがレーニャの描いた作品だったとしたら……。

こんな考えは、俺の思い過ごしかもしれない。いや、思い過ごしであってほしい。

だが──。

『種付けプレス』

千里が、言った。

『レーニャを救ってやれや。──ウチを、助けてくれたときみたいに』

優しく、慈悲深い声だった。

俺は気づいたら、はい、と答えていた。

◇　◇　◇

とはいえ、何が救いになるのかもわからない。

千里のときは、家族崩壊を盲信する彼女に、あえて家族愛をぶつけることで改心させることができた。そして千里にはきめせくという仲直りすべき存在がいて、じつは互いに心の奥深くでは求め合っていたのも、大きなアドバンテージだった。

しかし、レーニャの場合は大きく異なる。

まず親が行方不明で、生きているのか死んでいるのかもわからない。天才中学生プロ漫画家として本名で活動しているにもかかわらず、親から接触はないようだ。そもそも、貝塚学園に預けたのは親だろうから、その気になればいつでも会いにいけたはずだ。しかし、レーニャの周囲には親の影は欠片《かけら》もない。捨てられた上、十五年経《た》っても拾いに来ない。

その事実はレーニャの心にさらに深い闇を刻んだことだろう。

天涯孤独。誰とも深い繫《つな》がりのない暮らし……。

俺なんかには想像すら許されない悲劇的な人生なのだろう。

そもそもレーニャは救いなど求めているのだろうか。自滅、破滅に突き進んでいるような危うさは感じられて、それを見過ごすことはできないのだが、肝心のレーニャが助けを拒否するなら、俺は、どうすれば……。

『何言うてんねん。散々ウチにお節介焼いたくせに』

千里は笑って言う。

『おまいさんは、相手が拒否しても勝手に助けようとする面倒臭いやつや。何言っても無駄やから、好きにしいや』

からかい調子で投げ遣《や》りなことを言って、『ほなまた〜』と通話を切る千里だった。

俺はスマホを見下ろして、ふっと笑ってしまう。これまで散々他人に面倒臭いと言ってきたが、そうか、俺も他人からしたら面倒臭いやつだったのか。

それじゃあもう少しだけ、面倒臭いことをしてみるか。

あの夏祭りの帰り際《ぎわ》、理事長先生に引き留められたのを思い出す。貝塚ひより。あの人も捨て子だったと打ち明けてきたが、レーニャと違い、性格が曲がった様子はない。むしろ、素直すぎるほどに素直な性格の善人だった。

会場を去る俺と凛夏に、理事長はこう言った。

『どうかあの子を嫌いにならないであげて……。レーニャちゃんは本当はとっても優しい子なんです。イラストや漫画で得た収入は、ほとんど全額、施設のために寄付してくれているんですよ。子どもたちの世話もよくしてくれて……きっと誰よりも子どもたちのことを考えてくれてると思うんです……』

お願いします、レーニャちゃんを見捨てないであげてください——。

仮にも人の上に立つ人物が、遥《はる》か年下の俺たちに、九十度、頭を下げたのだった。

そこまでされたら、レーニャを無視するわけにはいかないな。

しかしレーニャだけじゃない。問題は山積みだ。

美悠羽の試験提出物『ストーリー性のある一枚絵、ただし非家族もの』。

美礼の次回作が、『兄×妹ものだけど、もうプラスアルファ付け足せないか』。

……いずれも難題だ。これらをすべて解決できるだろうか。

この際俺の創作に関しては後回しにするとしても、果たして……。

俺は考えながら自室から出て、リビングへと下りていった。

美悠羽は部屋に籠もりきり。美礼の姿も見えない。

いつも明るい霜村《しもむら》家が、今はどんよりと暗いムードに包まれている。そう感じられた。

だがそこで、玄関が勢いよく開かれた。美礼が買い物から帰ってきたのだ。手にはいつものマイバッグだけでなく、何やらチケットを持っている。

「やったわ、ハルくん！　商店街の福引きで、日帰りチケットが当たったの！」

「日帰りチケット？　なんの？」

「ほら、駅の北口、少し歩いたところでずっと工事していたでしょ？　あそこ、いろんな施設が一緒になった、複合遊楽施設？　みたいなところらしいの」

「ああ、あれか」

思い出した。あまり足を運ばないエリアだから興味が薄かったが、この周辺で一番のIR（統合型リゾート）が建設されていたのだ。スパやアミューズメント、劇場、美術館、ショッピング、宿泊施設などが一度に楽しめるということだった。

「そっか、この夏オープンってわけだな」

美礼からチケットを見せてもらい、内容を確認する。

商店街の福引きで当たったという日帰りチケット。これは宿泊施設の日帰りコースと、他のいくつかの施設を無料で利用できる優待券のようなものらしい。オープンしてすぐということもあり、まず体験してもらおうと商店街にまで広く散布された一つだろうか。

「近場の日帰りだけど、ちょっとした家族旅行ね♪　みんなでいきましょ！」

美礼は明るく言うが、俺は正直そんな気分ではなかった。問題は山積みだ。

「いろいろやらなきゃいけないことがあるんだがな。レーニャのことも、美悠羽だってそうだし……あんたも、次回作の進捗状況はどうなってんだよ？」

「うまくいってないわね☆」

「平然と言ってんじゃねえ!?」

「でも、だからこそよ」

ふわっと柔らかく、美礼は笑ってみせる。

「行き詰まったときこそ、気分転換が大切よ」

……まったく、こんな切羽詰まった状況でそんなに堂々と構えられるんだからな。うちの母親はホントに大物だぜ。

でも、それはただ美礼がマイペースな人間だからってわけじゃないのかもしれない。

今、霜村家の雰囲気は淀《よど》んでしまっている。各人がそれぞれの理由で思い悩み、下手すると互いに悪影響を及ぼし兼ねない、危険な状況だ。

それを肌で感じ取った美礼は、俺たち子どもたちのために、どうにかいい風を吹き込んでやりたいのかもしれない。

「ま、せっかく当たったんだしな。いくか」

「そうこなくっちゃ！　さっそく準備しましょう！」

美礼は顔の横で手を合わせ、とても嬉《うれ》しそうにした。……まさか普通に自分が楽しみたいだけじゃねえよな？

ともかく俺は階段を上り、妹の部屋にいく。美悠羽はあまり部屋に鍵をかけないタイプだが、ここ最近は絵描きに集中するために閉めていた。

俺はドアを叩《たた》いて妹を呼んだ。

「おーい、出てこい、美悠羽」

何度か無視されたが、続けているとやっと鍵が開いた。

「……何よ、バカ兄」

ドアの隙間から半分だけ顔を出した程度だったが、俺は驚いた。ボサボサの髪、目の下にはクマ。疲れ切って衣服も乱れている。普段の小綺麗《こぎれい》な美悠羽とはかけ離れた、ズボラな少女がそこにいた。

「お前、そこまでしてイラスト描きまくってたのか」

「悪い？　もうちょっとなのよ。もうちょっとで、わたしは自分の殻を破って、次のステップに上がって……」

「嘘《うそ》つけ」

悪いがそういうふうには全然見えない。

「自分に言い訳しているふうにしか見えないぞ」

「っ……」

「もうちょっととか、次のステップに上がれそうとか、そうやって自分に言い聞かせないと、お前は自分を保てないんだ」

「うっ、うるさいわね！　そんなんじゃないんだから！　本当に、本当にあとちょっとで、わたしはきっとっ……！」

「何日寝てない？」

「っ——」

美悠羽は押し黙り、それから小さく「今日が何日かわからない……」と言った。

はあ、と俺は息をつく。

そうだった。うちの妹は本当はこういうやつなんだ。負けず嫌いで、意地っ張りで、勝つためにはどれだけ無茶な努力もやり続ける。自分がそれで壊れてもお構いなし。

幼稚園のときから、徹夜で積み木を重ね続けたっけ。

小学校では絵を描きまくって、大学生が相手でも負けを認めたくなくて努力し続けて。

中学の今でも、プロの世界に片足突っ込んでもまだ負けたくない。

どんだけ向上心の塊なんだよ、こいつは。

「美悠羽、ちょっといいか」

「なに？」

俺は次の瞬間、半分だけ開いていたドアを開け放って美悠羽を思いっきり抱きしめた。

「きゃっ⁉　なっ、いきなり、なにすんのよ、バカ兄！」

美悠羽は顔を真っ赤にするが、俺は妹の匂いをすーはーすーはーと嗅いだ。

「ぎゃぁああっ！　バカ兄ィ変態ィイ！」

発狂する美悠羽。俺の腕の中で藻掻《もが》き暴れるが、体力も落ちていただろうから小動物の抵抗だ。俺はもう少し妹の匂いを嗅いでから、ようやく顔を上げた。

「さすがにちょっと臭うぞ、って言いたかったのに、なんでまだいい匂いがするんだよ、お前」

「死ねぇええっ！」

抱きしめたゼロ距離からのアッパーカットが、見事に俺の顎を撥《は》ね上げた。

「ぐはぁ！」

衝撃で拘束を解いてしまう俺。美悠羽は自分を抱きしめて呼吸を荒げた。

膝立ちになった俺は、顎から口元にかけてを手で押さえながら「誤解だから誤解」とく

り返した。

「風呂《ふろ》入りにいくぞって話だよ。駅近のリゾート施設ってわかるか？　母さんがその日帰

りチケットを当てたんだ」

「な、なんの話なの？」

受け取っていたチケットを取りだして、戸惑う美悠羽に差し出す。

その内容を確かめて、ようやく美悠羽は状況を理解したようだ。

「そういうことね……」

おそらく、母が気を回していることまで理解した表情だった。こういうところは聡《さと》い。

しかし、

「わたしはいかない。二人で楽しんできて」

なんて言って、部屋に戻る――というのは想定の範囲内だ。

閉められようとしたドアを、俺は手で止めた。

「そんなわけにいくか。家族はいつでも一緒なんだからな」

「――ハルくんの言うとおりよ！」

旅行バッグを手に階段を上ってきた美礼。

「さあ美悠羽ちゃん、お母さんとスパを楽しんだり、美容マッサージを受けるわよ！　ハルくんも一緒に！」

いや俺は美容とかはいいんで。

妹は俺たち二人に促され、やがて折れたように溜息《ためいき》をついた。

「正直気が乗らないけど……まったく、しょうがないわね」

まだ妹の顔は晴れないが、それでも俺と美礼は喜ぶのだった。

◇　◇　◇

統合型リゾート『グリーンパレス』は、人々が心身共に健康的な生活ができることをテーマとした施設群であり、近未来的な都市モデルであるそうだ。スマホで調べたらそういった情報が出てきた。

実際に行ってみると、なるほど緑色の植物が豊富であり、中央通りには小川が流れ、噴水が美しく虚空《こくう》を彩《いろど》っている。幾何学的な近代建築物ともうまく融合し、なるほどオープンしたばかりということもあって、なかなか先進的な施設に思えた。

「うん、悪くねえな……って、何やってんだよ、美悠羽」

いつの間にかスケッチブックを手にしていた妹。サラサラっとこの光景をスケッチしていたらしい。だが俺はそのスケッチブックを奪い取る。

「今日はオフだ、つったろ。これ没収な」

「なっ、でも！」

「美悠羽ちゃん、お母さんからもお願いよ。今日くらいゆっくりしましょう？」

「……わかったわよ」

美悠羽は観念して肩を落とすが、その指先はまだ何かを描いているようにピクピクと動いている。

ここまでいくとちょっとした病気だよなあ。俺はなんとなくスケッチブックを改めてみるが、驚くほど精緻に写生されてあって唖然《あぜん》とする。ほんの十秒程度でここまで描けるもんなのか。天才というか、超人の域だろ、こんなん。

妹の自由にさせてやりたい気持ちも湧いてくるが、休息も大事だ。ここは心を鬼にして、俺はスケッチブックを預かった。

ホテルにチェックインするが、内装も優美で心地いい空間だ。決して華美ではなく、庶民にも寄り添っている感じがした。……まあ、チラッと見た宿泊料金は、庶民的とは言いがたかったんだがな。チケットが当たらなかったら、きっと縁のない場所だったろう。

ともかくエレベーターで何十階も上がって部屋に行ってみると、

「おお、スゲー綺麗《きれい》なところだな」

通されたのは旅館の一室のような和風の部屋だが、行灯《あんどん》や文机《ふづくえ》など雰囲気が出ていて、テンションが上がる。昔の文豪とかこういったところで執筆してたんだよな。原稿用紙と万年筆で。そういうのちょっと憧れるぜ。かっけえ。

ところがワクワクしているのは俺くらいだった。美礼も美悠羽も、割と平然としている。

妹はテンション下がっているからわかるとして、うちの母親はなんで平然としてるんだよ。

「母さん、あんまり驚かないんだな、こういう豪華な部屋」

「実家はこの十倍くらい広いし……」

くそっ、実家ヤベえな！　どんだけ金持ちなんだよ！　勘当されてるらしいからいくことないんだけどよ！

俺はとにかく楽しめるもんを楽しむまでだ。作家は人生経験がモノを言うって話だから、何事も挑戦だ。

部屋には、檜《ひのき》と石で作られた温泉風の風呂が隣接してある。いわゆる家族風呂ってやつで、窓からは見晴らしのいい光景が拝めるようだ。

「ハルくん、美悠羽ちゃん！　家族風呂があるわよ！　みんなで一緒に入りましょ！」

「言うと思ったけど絶対一緒には入らねえからな」

「そんな！　小さい頃はみんなで入ってたじゃない⁉」

「ガキの頃の話だろうが！」

ったく、親ってやつは、いくつになっても子ども扱いしてくるからな。

「さて、一番風呂は誰が入るかだな。美悠羽、母さんと一緒に入るか？」

「……ごめん、やっぱりまだ、わたしのことは一人にしといてくれない？」

美悠羽は畳の上に寝転がって、丸まった。ずっと寝ていなかったみたいだし、結構キツいのかもしれない。一眠りすれば風呂にも入るだろうから、ここはそっとしておいてやるべきか。

「じゃあ、俺とあんた、どっちが先に入るかだな」

「お母さんはね、一緒でもいいと思うの」

「息子さんはね、それは無理だと言ってるんですよ」

俺たちの意見はいつだって平行線を辿《たど》るんだ、ってポエムみたいなこと思ってみる俺。

もうジャンケンで決めることにする。勝ったほうが先に入るということで。「アイコだったら一緒に……」「入らねえよ⁉」どんだけ一緒に入りてえんだうちの親は！

俺はチョキを出して、頭パーの美礼に勝利した。

ありがたいことに、脱衣所から鍵が掛けられる仕様になっている。俺は確実に鍵をかけ、「ヨシ！」と指差し呼称までした。さらに服を脱ぎ、浴室の扉にも鍵をかけて「ヨシ！」と確認した。完璧だ。これで安心だろう……そう思っていたが。

しかし俺は知らなかった。「ヨシ！」は絶対に言ってはならない言葉だったということを。

「ふーっ」

少し熱めの湯に浸《つ》かって、俺は大きく息を吐く。一番風呂は最高だぜ。足を伸ばせることの快適さにも気づく。家の風呂じゃあ膝を曲げなきゃならないからな。窓から見える景色も最高だ。地上四十階。郊外である周辺を遠くまで見下ろせる高さにある。近くに同じくらいの建物はないから、覗《のぞ》きの心配もいらない。

すっかりリラックスした俺だったが、脱衣所のほうから何か物音が聞こえた気がした。いや、きっと気のせいだ。だって鍵かけたもん。「ヨシ！」ってしたもん。誰も入ってこられるわけな――

「お邪魔するわね、ハルくん♪」

「何やってんだクソババアぁぁあっ⁉」

バシャバシャと音を立てて、俺は慌てて股間を両手で隠した。

髪をアップにまとめ、バスタオルを体に巻き付けた美礼が、なぜか浴室にまで入ってきていたのだ。

「鍵かけたぞ！　絶対かけた！　間違いなくかけた！　どうやって入ってきたんだよ！」

「お母さんね、息子のためならどんな障害でも乗り越えられるの」

「最大の障害はあんただよ！」

「さあハルくん、お背中お流しするわね♪」

「マジで出てけ！」

俺は両手でお湯を掬《すく》い、美礼に向かって投げつけた。両手を使ったから水量もそこそこだ。しかしそれは悪手だった。

「ひゃあんっ⁉」

顔面に直撃した美礼。ちょっとはガードしろよ。なんでノーガードで一発フィニッシュなんだよ。顔から水浸しになった美礼はその場に尻餅をついてしまう。

鈍くさいが、俺もちょっとやりすぎた。まさか怪我《けが》してねえだろうな、なんて心配が脳裏をよぎる。しかしそれも次の瞬間に吹っ飛ぶのだった。

美礼の胸部はそれはもう異常に発達している。メロンが二つくっついているような巨大さだ。それが尻餅をつくような衝撃を受ければ盛大に暴れてしまうに決まっている。そしてバスタオル一枚がその暴動に耐えきれるはずがなかったのだ。

必然、結び目がほどける。

はらり……とバスタオルが床に落ちた。

「いたた……きゃあっ！　バスタオルがっ」

美礼はすぐに気づいて大事な部分を隠そうとしたが、もう手遅れだ。まだ湯船に浸かってもいないのに、美礼は赤面していた。

「ハルくん……見た？」

「アホか」

アホか？　……アホだ。

「アホかぁ！」

俺は湯船から飛び出して脱衣所に直行した。そしてぴしゃり、と戸を閉めた。

「あーいい湯だった。ホントいい湯だったぜ。マジいい湯だった……」

ぶつぶつ言いながら水滴を拭き取り、備え付けの浴衣《ゆかた》に袖を通し、しっかり帯を締める。

戸の向こうからは「きゃーっ！　ハルくんに大事なところ見られちゃった！　恥ずかしいっ！　でもでも、ハルくんにならいいかも……だって小さい頃はあんなに……きゃーっ！」などと奇声が聞こえてくるが、何言ってんのか全然わかんねえマジわかんねえ。

「あーめっちゃいい湯だった。温泉みたいだった。神湯だったぜ。すげー気持ち良かったぜ」

脱衣所から出てもぶつぶつ呟《つぶや》いてしまう俺。

部屋では美悠羽が横になったまま頬杖《ほおづえ》をついていた。

「……バカ兄、顔が真っ赤よ。語彙もヤバいし。のぼせちゃったの？」

「何にのぼせるってんだよ⁉」

「湯だけど」

……ふう、と俺は息をついて、先ほどの情景を忘れ去る。そう、何もなかった。俺は何も見なかった。何事も起きなかったのだ。そう、それでいい。

「美悠羽、お前も風呂《ふろ》入れよ。気持ちいいぞ。……邪魔なやつがいなければ、だが」

「じゃあわたしも一人で入るわよ」

ぷいっと寝転がって向こうを向いてしまう美悠羽。

しまった、と俺は思う。ゆっくりして体力気力を回復させてほしいのは山々だが、今の美悠羽はどうにも扱いづらい。むしろ変に促したりしないほうがいいんだろうか。

とりあえずスケッチブックだけでも手にできないよう、備え付けの金庫にでも入れておくか。

そうして作業していたら、また脱衣所から声が聞こえてきた。

「ふぇーん、ハルくん助けてぇ！」

聞き慣れた母親の涙声。

「……今度はなんだよ」

どうせまたロクでもない事態なのはわかっているが、万が一ってこともあるからな。万が一、この家族風呂に侵入者がいて、美礼が暴漢に襲われそうになっているとか、覗き魔がいるとか、俺は最悪の可能性も考慮に入れる。

少し緊張して脱衣所へと続く戸を開けると、そこには——。

「ハルくん助けてぇ！　浴衣がうまく着れなくて、こんなことになってしまったのぉ！」

はいそうですね。暴漢とか覗き魔とか、この最新の施設に出るわけないですよね。セキュリティしっかりしてますもんね。

美礼は何がどうなったらそうなるのか、浴衣ははだけ、帯は絡《から》まり、まるでＳＭプレイの真っ最中であるかのような乱れっぷりだった。

「大変！　このままだとお母さん、新しい扉を開いちゃうかも！」

「いいね。チャレンジ精神旺盛で」

「置いていかないでハルく〜ん！　お母さんを一人にしないでぇ！　ふえーん！」

俺は部屋に備え付けの冷蔵庫からコーヒー牛乳を取りだし、ぐびぐび飲んだ。

◇　◇　◇

「ったく、しっかりしろよな」

「ごめんねハルくーん」

改めてちゃんと浴衣を着直した美礼と一緒に、俺たちは施設内を歩く。

美礼は胸が大きすぎるので、フリーサイズの浴衣では胸元がだいぶ開いてしまっている。すれ違う人々は男女ともなく二度見していた。

「あら？　どうしてこんなに注目を浴びているのかしら。そうだわ！　きっとお風呂上がりのハルくんが格好良すぎて、みんな見惚《みと》れてしまっているのね！」

それは絶対にない、と言い切れてしまう自分が悲しいぜ……。

「それとも、私たちカップルがお似合いすぎて、みんな羨ましがっているのかも！　ねぇハルくん、腕を組んでいきましょう？」

「許可する前に腕を絡めてくるの、やめてもらっていっすか」

左側から密着してくる美礼の柔らかさに、俺は辟易《へきえき》するのだった。

「さて、次はどこにいくか」

壁に施設内マップが貼ってあったので、それを確認する。

複合型なのでたくさんの施設が隣接してあるが、おっと、浴衣でいける範囲は限られているようだ。そりゃそうだよな、浴衣で美術館とかぶらついてたら、私服のお客さんも迷惑だろうし。しかしエステとか俺は興味ないしなぁ。

うーん、と唸《うな》っていたら、

「やや っ！　もしかしてキミは！」

と芝居がかった声が掛けられた。

見てみると俺も驚く。知った顔がそこにあったのだ。

俺たちは互いに指を差し合い、同時に声を上げた。

「立ちバック先生！」

「種付けプレスくん！」

いややっぱ大声で言い合う名前じゃなかったわ……死にたい……。

てか前にもあったわっこういうの。最近デジャブ多すぎだろっ。しかもだいたいエロ関係だしよぉ！　どうなってんだよ俺の人生！

「久しぶりだね、元気にしてたかい？」

一見好青年のように微笑《ほほえ》みかけてくる彼は、しかし『エロラノベ三連星』にも数えられる変態作家の一人、その名も『立ちバック千枚通し』先生だ。種付けプレスと同じレーベルで活躍している先輩である。

しかし専業作家ではなく、普段はバイトをしているようだ。俺と美礼も以前、たまたまそのバイト先を訪れ、世話になったことがあった。

美礼も思い出したようだ。

「あら、この前秋葉原のエロゲショップでお会いした店員さんよね。いつも息子がお世話になっております」

ぺこり、と頭を下げる美礼。丁寧な挨拶に思えるが、エロゲショップの店員に母親が挨拶する異常性について。

「へへへ、奥さん、それじゃあ僕の息子も世話してもらい……ぐはっ！　何も殴らなくてもいいじゃないか種付けくん⁉　ちょっとした冗談だよ冗談！　一緒にエロゲを選び抜いた中だからこのくらい挨拶みたいなものだろう⁉」

「セクハラが挨拶とか死んでもイヤです」

俺は先輩作家をゲシゲシと足蹴にしながら、

「それで、なんでこんなところにいるんですか、立ちバック先生。ちなみに俺らは商店街で日帰りチケットが当たったからですけど」

立ちバックは浴衣姿だ。なら宿泊施設ないしスパを体験したはず。だいぶ値段が張るから、庶民がぶらりと立ち寄るってわけにはいかないはずなんだが。

「じつはここに来たいと言ったのは僕じゃなくて……」

「あ、先輩だ～♡　何してんだよ、こんなところで♡」

「っ！」

振り向くと、そこにいたのは浴衣姿の貝塚レーニャだった。この前の夏祭りでも浴衣姿だったが、今回は施設備え付けの簡素な浴衣だ。

「よく会いますね♡　ひょっとして僕ちゃんのファンですか♡」

「レーニャ……！」

「気安く呼んでんじゃねえよくそ童貞♡」

相変わらず全力で煽《あお》ってくるメスガキだった。レーニャも爆乳なので、浴衣の胸元が大変なことになっている。

夏祭りではレーニャの生い立ちに関して少し揉《も》めてしまい、別れ際《ぎわ》は気まずい感じになっていた。だがレーニャは何もなかったような通常運転。女のこういう切り替えはさすがだが、俺はそこまで器用じゃない。頬をぽりぽり掻《か》いてしまう。

それにしても、立ちバックとレーニャ、二人の知り合いにたまたま同時に遭遇するというのは偶然にすぎる。二人は一緒に行動していると考えるべきだろう。

「二人知り合いだったんですね。どういうコンビですか」

立ちバックに訊いた。四つん這《ば》いで俺に蹴られていた彼は立ち上がろうとして、

「じつはだね――ぐあっ」

「おい♡　僕ちゃんの許可なく喋《しゃべ》ってんじゃねーぞ、くそ奴隷♡　てめーは今日一日、僕ちゃんの言いなりだっつったろーが♡」

「は、はい……ご主人さま……！」

レーニャにかしずく先輩作家。レーニャはそんな立ちバックを足蹴にして「うりゃうりゃ♡」とグリグリ踏みつけている。「はう……！　女子中学生に踏まれて、何かが目覚めそうじゃないか……！」とだいぶヤベー先輩作家。

「すごいわハルくん！　公衆の面前で、なんて思い切ったプレイなのかしら！」

「あんたは黙ってろ！　てかなんでこんなことに！」

「このくそざこ作家が、コミカライズはぜひ僕ちゃんに描いてほしいんだとよ♡　じゃあなんでも言うこと聞けやって言ったら、了承しやがった♡　このばか♡」

オープンしたばかりの話題の統合型リゾートだ、レーニャも来てみたかったのだろう。

それで立ちバックが（少なくないお金をかけて）接待したというわけか。

「あぁ、もっと踏んでください、レーニャ様ぁ～～！」

「きっしょ♡　きっしょ♡　マジきもい♡」

先輩作家のこんな姿、見たくなかったよ……。俺は途方に暮れるしかない。

美礼のほうは上機嫌だ。

「うふふ、クリエイターが何人も集まるなんて奇遇ね♪」

「変態ばっかだけどな」

俺は死んだ魚の目をしてそう言った。

「何か親睦を深めるようなこと、できないかしら？」

「やめろイヤな予感しかしねえ」

「あっ、マップを見て、ハルくん！　ここに温泉卓球のコーナーがあるわよ！」

なんでそんなマニアックなもんがあるんだよ！　ここ立派なホテルじゃなかったの⁉

てかいちいち『温泉』ってつける必要ある⁉　普通に卓球コーナーで良くね⁉

「ちょうど四人いるし、ダブルスやりましょう！」

「負けたほうはなんでも言うこと聞くことな♡」

「では僕はレーニャ様の敵チームで……いや、綺麗《きれい》な人妻に命令されるのも乙なものだなあ！　どうする種付けくん⁉　キミは誰とチームを組みたい⁉」

「あんたとは別で」

スパとか美術館とか劇場とか、いろいろエレガントな施設もあるはずなのに、なぜ温泉卓球なんてマニアックなことをやらねばならんのか。

しかし俺以外の三人はわいわいしながら温泉卓球のコーナーへといくのだった。

チーム分けはジャンケンだったが、結局、俺と美礼VSレーニャと立ちバックに決まった。

「先攻はお母さんね！　張り切っていくわよ！」

「なんてことだ種付けくん！　人妻が手のひらの上でタマタマを転がしている！　もの凄《すご》く絵になる光景じゃないか！」

「ならねえよ」

「ぜったい空振るに三千ペリカ♡」

レーニャはプールの騎馬戦で美礼とチームを組んでいた。その鈍くささをすでに思い知っていたのだろう、そう言った。

「俺は四千」

レイズした。

えーい、と美礼はサーブを打とうとするが、案の定、空振った。

「あらぁ⁉　意外と難しいのねえ」

「うちの理事長じゃん♡」

だよな。やっぱお前もそう思うよな。

サーブ権が敵に移る。レーニャが打つようだ。

「僕ちゃんがお手本を見せてやるよ♡　サーブってのはこうやって打つんだ♡　おら、くそ奴隷、さっさと踏み台になりやがれ♡」

踏み台ってなんだよ、と思っていたら、

「はいッ」とすかさず小気味いい返事をして、レーニャの足下にうずくまる先輩作家は……俺もうあの人のこと先輩って思わなくていいかなあ。

つーか人間踏み台って、逆に不安定でやりにくいだろ。女王様×奴隷の協力技をやりたいだけじゃねえか……。

「教えてやるぜ♡　わかりやすく♡　本物のサーブってやつを♡」

そしてレーニャは、天井近くまで高くボールをトスすると、

「サァ！」

とプロみたいな勢いでラケットを振るう。踏み台になっていた立ちバックが「はうっ♡」と呻《うめ》き、その顔の横にボールが落ちた。かつーん。空振ったのだった。

「勝負にならねえじゃねえか！」

「あ、あれ⁉　違くて！」

さすがのレーニャも顔を真っ赤にしていた。

「今のは、そう、踏み台がちゃんと安定してなかったから……こらくそ踏み台！　動いてんじゃねえよ！」

「他人のせいにするのは良くないんじゃないかな」

「なに真面目に返してんだよ！」

赤くなったレーニャが、立ちバックをゲシゲシ蹴るのだった。

「うふふ、あの子には気の毒だけれど、お母さん勝機が見えちゃったわ！」

「あんたも狙われるんですけど」

てかもう、これじゃ卓球にならねえよ。

「まずラリーを続かせようぜ。とにかくラケットに当てて、ボールを相手コートに返す。それだけを意識しろよ」

まったく、しょうがねえやつらだ。

次のサーブ権を持った俺は、みんなのお手本となるように意識する。格好つけてトスを高く上げたりだとか、サービスエースを狙って勢いよく打ったり、やたらと回転をかけたりはしない。とにかくボールを相手コートに入れる。それだけを考えろ。
「いくぜ！」
俺は隙のないコンパクトなスイングでサーブを放ち、
そしてボールは見事にネットに引っかかった。

えいっ、かつーん。

とうっ、ぽーん。

……数十分かけて、どうにか俺たちはラリーが続くようになっていた。

言っておくが俺はそこまで運動神経が悪いわけではない。最初のサーブミスはちょっと慎重にやりすぎただけだマジで。あれ以降は普通に打てたから。

立ちバックやレーニャも、まあ決してうまいわけではなかったが、常人のレベルではあった。問題は美礼で、まるでセンスが感じられない。卓球っていうより不思議な踊りを踊っているようにしか見えない。

しかし美礼には別の武器があった。そう、彼女のそれは相手のMPを奪う『ふしぎなおどり』というより、相手を釘付《くぎづ》けにする『さそうおどり』だったのだ。

「えーいっ」

美礼がスイングするたび、胸元の二つの爆乳が大きく暴れ回り、まず立ちバックが鼻血を噴く。

「ぐはぁっ！　……くっ、な、なんのこれしき！」

ラリーの最初はまだ何とか打ち返せる立ちバックだったが、ラリーが続けば続くほどに美礼の浴衣《ゆかた》は乱れていく。

「ぐあああああっ！　もうダメだぁ！　童貞には刺激が強すぎるぅ！」

「くそ童貞が足ひっぱりやがって♡」

だが、そう、向こうにもとんでもない爆乳がいるのだ。天然の美礼とは違い、レーニャは計算で浴衣を乱れさせ、俺の意識を逸《そ》らそうとする。

「おらっ♡　てめーの好きな胸の谷間だよ♡　女子中学生の胸の谷間♡　これが見てーんだろーが♡　あ？」

「舐《な》めんな……っ！（チラチラ）俺はそんな露骨なお色気になんて！（チラチラ）屈したりしねえよ！（チラチラ）」

「めちゃくちゃ見てんだろーが♡」

パシィン！

レーニャのスマッシュが打ち込まれ、「ああんっ！」と美礼はどうにか手を伸ばしたが、ラケットに掠《かす》らせるだけで精一杯。ポイントを取られてしまった。

ちくしょう、温泉卓球って女のほうが有利じゃねえか!?

「室内でタマを打ち合うなんて、卑猥《ひわい》なスポーツだよな♡」

「奇遇ね、お母さんもそう思っていたところよ♪」

「お前らすべての卓球選手に土下座しろ」

ふう、と俺は額に滲《にじ》み出た汗を拭う。館内はクーラーが利いているとはいえ、さすがに動くと熱くなってくる。

台を挟んだ向こうでも、立ちバック先生がラケットを団扇《うちわ》代わりに扇《あお》いでいた。

「いい運動にはなるけど、そろそろ決着をつけないかい？」

「そっすね。じゃあ次のポイント取ったチームの勝ちってことで」

「負けたほうは勝ったほうの命令聞くことな♡」

「でもそれじゃあ、お母さんハルくんとイチャラブできないわ」

「しなくていいんだよっ！」

次のサーブ権を持っていた俺は、勢いをつけて打ち出した。

「しゃらくせえ♡」

レーニャもしっかり打ち返してくる。

「きゃあっ」

美礼は未《いま》だにおっかなびっくりで、相手のコートに入れるのが精一杯だ。

しかし美礼の存在自体が立ちバックの弱点らしく、「集中できない……！」と童貞作家は鼻血ダラダラで手を震わせながらヘタレたボールを返してくる。

最後の一球だ。両チームともこれまでで一番力を入れてくる。そうしてラリーは続いた。

負けたくない——。

俺も熱くなってくる。それは体温だけじゃない。

「絶対にお前を負かせてやるからな、レーニャ！」

俺は気づいたら声を荒げていた。

「卓球だけじゃなく、クリエイターとしても……！　美悠羽だって、きっとお前に勝つ！」

フォアハンドでコーナーギリギリを攻めた。しかしレーニャはこれにも食《く》らいついてくる。

「はあ？　うっせえ♡　うっせえ♡　うっせえわ♡　恵まれて育ったやつが、僕ちゃんみたいなハングリー精神の塊に、勝てるわけねーだろーが♡」

レーニャが返した打球を、今度は美礼がどうにか繋《つな》ぎ、次は立ちバック。そうしてラリーは続いていく。

ふたたび俺にターンが回ってくるが……どう打てばいいのかを迷わされる。

俺の打球を受けるのはレーニャ。

捨て子。ただの孤児ではない。生まれてすぐ親から見放された。その事実がレーニャの心に深い深い楔《くさび》を打ち込んでいる。それはきっと一生外れることはないのだろう。そこから伸びた鎖が、きっとレーニャの人生を縛り続けるのだろう。

負の感情ながら、しかし、それは時に大きなパワーを発揮する。初期のレーニャの作品はほのぼのとした日常系だったが、シリアスな残酷系に急転換したことで飛躍的に評価が高まった。その契機は間違いなく、自分が捨て子だと知らされたときだったはずだ。

強い。

クリエイターとしてそもそも類い希《まれ》な才能に恵まれながら、さらに生い立ちや環境によって怪物と化した。現代社会が生み出した魔物で、千里によれば、これからの日本には増えていくとされる、未来の子どもたちの先駆者だ。

勝てるのだろうか。こんなモンスターに。

才能だけでなく、貪欲で、自分が傷つくことすら度外視して成功を求める。

尋常ではないが、ゆえに圧倒的な実力を誇る化け物。

「でも、勝つ！」

俺は叫んで、ボールを打ち返す。ラリーは続いていく。

「家族の絆《きずな》で、勝つ……！　ストーリー性のある一枚絵、俺と美悠羽の合作が、きっとお前を打ち砕く……！」

勝算なんてない。根拠なんてない。宣言ですらなく、それはただの妄言だ。

「またその話かよ♡」

しかしレーニャの歪《ゆが》んだ表情は、一層に深まる。

「おまえらは血が繋がった家族だもんな。その絆を過信してんだ。家族のいない、天涯孤独の僕ちゃんには勝てねーよ。うりゃ♡」

レーニャのトップスピンのかかった力強いストロークに、

「ああんっ！」

と美礼がなんとか食らいつくが、返したボールは浮き気味だった。

「やったれ立ちバック♡」

「僕には話が見えないが、勝負に負けるつもりはないさ！」

「くっ……！」

力強いバックハンドが打ち込まれるも、俺はどうにか返す。しかし、もはや完全に崩された。次の一撃は全力のスマッシュがくるだろう。

「チャンスボール。もーらい♡」

当然、レーニャが大きく振りかぶる。

ダブルスは交互に返すから、次は美礼が返す番だ。まず無理だろう。

負ける——。俺は奥歯を噛《か》みしめながら、敗北を覚悟した。

だが、

「血の繋がりがあっても、なくても！」

美礼が飛びつき、必死に打ち返す。

「強い絆で繋がれれば——それは家族よ！」

俺は母親のその言葉に、電流が走ったような閃《ひらめ》きを覚えていた。

「ちぃっ！」

レーニャが歯がみしている横で、立ちバックもボールに飛び出す。

しかし台の角に当たったボールは、予測不能な角度に跳ねていく。たとえプロであっても返球できるものではなかっただろう。

立ちバックはラケットに当てることすらできず、ボールは敵陣の向こう側に転がっていった。

「やったわ！　初めて点を取れた♪」

美礼が顔の横で手を合わせ、淑女らしく喜ぶ。……まあ、浴衣の衿《えり》が開いて胸の谷間からお腹《なか》まで見えてしまっていて、とても淑女の格好ではなかったのだが。

しかしいずれにせよ、勝敗はここに決した。

「俺たちの勝ちだ……」

「は、はあ？　こんな卓球程度で勝ったところで……」

レーニャも負けず嫌いなのだろう、焦《あせ》った顔で反論してくるが、そうじゃない。俺が言っているのはこの卓球の話じゃないんだ。

「美悠羽の特待生枠、もらった！」

確信を持って叫んだ。

「俺が――俺たちが、血の繋がっていない家族ってやつを、教えてやるよ！」

レーニャに宣言する。今度は妄言じゃない。勝算がある。根拠がある。

――このアイデアなら、きっとレーニャにだって負けはしない！

「ハルくん……」

美礼は、ふっと微笑《ほほえ》んだ。

「いってらっしゃい」

「ああ！　片付けよろしく！　それが勝者の命令だ！」

俺はラケットを放り出し、部屋にダッシュで引き返した。同じホテル内なので遠くはない。あっという間に自室へと到着する。

そう、彼女に――妹に伝えなければならないのだ。

俺は勢いよく戸を開いた。

「美悠羽！　勝てるアイデアを思いついたぞ！　これで――」

「入ってきてんじゃないわよ、バカ兄っ‼」

慌ててタオルで前を隠した美悠羽に桶《おけ》を投げられ、直撃した俺は、浴室の床に昏倒《こんとう》するのだった。

……お風呂《ふろ》の鍵は、ちゃんとかけましょうね。

第五章『血は繋がっていないけど本物の家族で人生詰んだ』

「美悠羽《みゆは》は将来、何になりたい？」


幼少期。

俺が物心ついたときには、すでに美悠羽はそこにいて。

俺は気づいたときにはもう「おにーちゃん」で。

妹は最初から妹だった。


美悠羽は俺より頭が良くて、だいたい何でも俺より器用にこなして。

なのにいつも俺の近くに、ととと、と近寄ってきて、どこかにいくときはいつも、俺に手を繋ぐようねだってくる。家では同じ部屋で過ごし、寝るときもいつも俺の布団《ふとん》に入ってきて、お風呂もいつも俺と一緒に入っていた。

男の子だけでサッカーをするとき、俺が「みゅー、だめっ」と言うと、すぐにわんわん泣きだして「おにーちゃんといっしょじゃなきゃやだーっ」と大声で叫ぶ。困ってしまった俺は「みれーどうにかしろよーっ」と母親に言うが、頼りない美礼《みれい》は子どもが泣いていると「どうしましょう、どうしましょう！」と自分が泣きそうになる。

「しょうがねえなあ」

俺は妹の手を繋いで連れていき、男友達に頭を下げて妹も交ぜてもらい、一緒にサッカーをやらせたりもした。美悠羽は甘えん坊だったが、俺よりサッカーがうまくて、一人で全員抜いてシュートを決めた。そして「おにーちゃん、ほめてほめてっ」と頭を撫《な》でられに俺の元にくる。

甘えん坊で寂しがりな、子犬みたいなやつだった。

幼い頃、俺はてっきり、そうやって美悠羽はずっと俺にくっついてくるのだと思っていた。保育園だけでなく、小学校に上がっても、中学校に上がっても、妹は俺を追いかけてくるのだと。

けれど俺は公立の小学校に進み、妹は母親と同じ私立のお嬢様学校を受験したいと言い出した。

美礼も驚いていた。あちこちに電話して、偉そうな大人がうちに来て何らかの話し合いも行われたようだった。たぶん、このときにはすでに実家と縁が切れていて、今さら美悠羽が母親と同じルートを辿《たど》るのは、いろいろと調整が必要だったんだろうと思う。

大人たちの都合はわからないし、俺にはどうでもいいことだった。

俺は美悠羽に、なんで違う学校にいくのかと訊いた。保育園のみんなはだいたい同じ公立校にいく。私立希望者はごく一部だったし、しかも周囲の反応を見るに、美悠羽が希望したのは『なんかすごい』お嬢様学校だった。実際は小中高大までエスカレーター式で上がっていく国内有数の私立女子校で、入学試験の厳しさも半端《はんぱ》ではないらしい。

優秀な妹なら合格するだろうとは思っていた。お嬢様というのも、なんとなく美悠羽らしいなと思っていた。だが、急に決断したことが俺を困惑させた。別に俺と同じ公立校でいいだろうに、なぜわざわざそんな難しいところを目指すのか。

「おにーちゃんとずっといっしょに、いたいから」

美悠羽は、素朴に、かざりけなく、そう答えた。

ワケがわからなかった。俺とずっと一緒にいたいなら、俺と同じ学校にいけばいいのに。しかしそれではダメらしい。「いっしょだけど、いっしょにいられなくなる」と、さらによくわからない、なぞなぞみたいなことを言っていた。

このときからもう、美悠羽の考えることは、俺なんかの想像を超えていたのだろう。

俺が小学校に上がって、美悠羽との時間が減ったときから、きっと美悠羽は変わり始めていた。

男顔負けに運動も得意で、なんでもできる万能型だったのが、お嬢様学校を目指し始めてからは、勉強と絵描きに集中した。男っぽい仕草はなりを潜め、姿勢が良くなり、上品な仕草をするようになった。以前は俺の好きな少年趣味のものも楽しんでいたのに、すっかり少女趣味に目覚めてしまった。

みゅーも女の子だったんだな、と俺は理解し始めた。以前まで俺は美悠羽がたとえ弟であっても変わらないと思っていたが、ちゃんとした女の子なのだと意識すると、俺も態度が変わってくる。そんな俺に気づいて、美悠羽は少し嬉《うれ》しそうにして、益々《ますます》綺麗《きれい》でお上品に振る舞った。

やがて美悠羽は俺のことを「兄様」と呼ぶようになり、俺も妹のことを「美悠羽」と呼ぶようになった。

同じ布団で眠らなくなり、一緒にお風呂に入らなくなった。

部屋を別々にするときだけは、美悠羽はヤケに抵抗した。

「美悠羽は将来、何になりたい？」

その質問をしたのは、俺が十歳、美悠羽が八歳くらいのときだったろうか。

たしか学校の宿題で、将来の夢について考えるように言われていたのだ。

俺はまだラノベと出会っていなかったから、自分の将来の姿なんてまるで想像できていなかった。しかし早熟で頭のいい美悠羽なら、すでに明確な未来予想図が描けているだろうと期待して。

たぶん絵描きだ。

保育園の頃から絵心があった美悠羽は、お嬢様学校の選択科目で美術を学び、メキメキと頭角を現していった。この前も、中高生に交じって都のコンクールの表彰台を飾っていた。十年に一人の神童と謳《うた》われ、将来はきっと高名な画家になるのだろうと讃《たた》えられていた。俺も自然とそう信じていて、兄として誇らしい限りだった。

けれど、妹の返答は意外なものだった。

美悠羽の夢は、画家とか絵描きとか、そういったイラスト関係ではなかった。いや、きっと大人になってもそれは続けていくのだろうが、もしどちらかを選ばなければならなくなったら、きっと美悠羽は、あっさりと絵をやめてしまい、もう一つの夢を摑《つか》むのだろう。

あのときの返答を、俺はずっと覚えている。何気ない口調で、下手すると冗談にも聞こえてしまいかねない言い方だったけど、なんとなく、本気なんだと察せられて、俺は未《いま》だに忘れることができずにいた。

美悠羽の夢、絵描きよりも大事で、そのためにすべてを投げ出せる、本当の願い。

それがきっと、妹の答えだ。

◇　◇　◇

九月中旬。未だ残暑が厳しいが、蝉《せみ》の声は遥《はる》か遠く、少しずつ秋の気配が感じられるようになってきた。

休日の午前、俺たち家族は玄関から出る。夏の最後の残滓《ざんし》とでも言うような、朝から蒸し暑い日だった。

今日は特待生枠の最終試験の結果が発表される。一つの会場を貸し切り、歴代の合格者の作品も一緒に展示されるということで、展覧会のような様相を呈するらしい。

「緊張するよな」

「そうよねぇ。美悠羽ちゃんならきっと大丈夫だと思うんだけど」

玄関に鍵をかけて、俺と美礼はそわそわしてしまう。妹の実力を疑っているわけではないが、事前情報だと絵画の合格枠は一人だけ、そして相手は天才の貝塚《かいづか》レーニャ、つまり相手にとって不足はないわけで、これぱっかりは仕方ない。

けれど、一番堂々としているのは当の美悠羽だ。

「お二人がそんなに緊張して、どうするんですか」

平然とした、お嬢様モード。夏休み中はずっと女王様モードだったのに、こいつは学校が始まった途端にすっかり猫を被《かぶ》りやがる。

「さあ、早くいきましょう」

仕草は楚々《そそ》とした淑女のそれで、いったいどこのご令嬢かと見紛《みまご》うばかりだが。

「そうやって強がっちゃいるが、お前だって結果が気になるだろ？　万が一の可能性を考えないほど、愚かな妹じゃあないもんな」

「何を言っているんですか、兄様」

ふっと微笑《ほほえ》み、美悠羽は答えた。

「合格していますよ、間違いなく。だってあれは、わたしと兄様、もちろん母様も。霜村《しもむら》家みんなが力を合わせた、最高の作品なのですから」

そこまで自信満々で言い切るか。やっぱこいつは大物だな。

そう、卓球をしたあのとき、美礼が言った言葉がきっかけになり、俺に一つのあるアイデアを授けていた。

『血の繋《つな》がりがあっても、なくても！　強い絆《きずな》で繋がれれば——それは家族よ！』

それは、あるいはナゾナゾのような問いかけだった。

義理なんて誰でも思いつくアイデアでは、レーニャの鼻は明かせない。美悠羽自身、納得しない。もっとインパクトがあって、説得力もある回答が必要だった。ただし完全な非家族ものでは、修練を積む時間がない。今の美悠羽でも描きやすく、かつ力強いテーマ。そんな奇跡のようなアイデアはあるだろうか。

俺は閃《ひらめ》いた。美礼のおかげだ。そしてきっと、凜夏《りんか》とのラブコメ取材も大きなヒントになっていたんだと思う。これならば充分なストーリー性があり、きっと美悠羽でも描ける『家族じゃない家族もの』だった。

美悠羽によりよくイメージしてもらうため、俺は全力でそのストーリーを執筆した。分量は短編相当だが、多くの情報を圧縮し、中編あるいは長編のような満足感を得られる小説に仕上がった。

俺にとって僥倖《ぎょうこう》だったのは、これはラノベで見所のあるシーンを描き、挿絵でさらなる破壊力を持たせるところまで計算した、スキル磨きの一環にもなったことだ。

同時に、その一枚絵は種付けプレスの新作にも通じるものがあったようで、美礼は水を得た魚のように執筆に没頭し始めた。

霜村家に巣くっていた数々の問題を、一度に解決した奇跡のアイデア。

俺の説明を聞き、実際にストーリーを読んだ美悠羽は、

「ありがとうございます、兄様……。これなら、最高のイラストが描けます！」

と、自信を持って頷《うなず》いたのだった。


ただし、もちろんその後も、俺と美礼がラフの段階からあーでもない、こーでもないと細かくツッコミを入れまくって、何度もリテイクが重ねられ……完成に至るまでには紆余《うよ》曲折《きょくせつ》があった。その分、本当にいい作品になったとも思うが。

とはいえ、美術の審査なんて俺は門外漢だからな。結果がどうなるかずっと不安だったのは仕方ないだろ。

だけど美悠羽の言うとおり、今日はもう結果は出ているんだ。今さらジタバタしたって意味がない。

「うし、いくか」

そして俺たちは霜村邸をあとにし——

「あたしを忘れんじゃないわよ！」

門を出たところに、赤髪の綺麗な少女が待っていた。

「よう凛夏、待たせたな」

「ううん、今来たところ……って勘違いしないでよね。デートじゃないんだから」

「ノリツッコミならぬノリツンデレって。お前も高度なテクニック使うようになったな」

「バカにしてるわよね!?」

朝からテンション高《たけ》ぇなこいつ。

そう、今日は凛夏も一緒に連れていくのだ。曲がりなりにも、凛夏はいろいろ手伝ってくれたからな。義理の関係デートではプールにまで付き合ってくれたし、敵情視察を提案してくれてレーニャのことを深く知るきっかけにもなった。

そして……美悠羽が描くべきだった〝家族じゃないのに家族の絵〟。そのヒントは、最初から凛夏にあったのかもしれなかった。

世話になった凛夏を、結果発表の場に誘うのは当然だ。

「凛夏ちゃん、おはよう♪　今日も可愛《かわい》いわね～」

「お、お母様！　おはようございますっ！　可愛いだなんて、そんなっ……！」

ガールズみたいにイチャイチャする尊い光景だが、片方はうちの母親。

「み、美悠羽ちゃんも、おはよう?」

「わたしのことは霜村さんと呼ぶように言ったはずですが。瀧上《たきがみ》さん。つーん」

……お前、挨拶くらい返せよ。てかなんでそんな凛夏のこと嫌ってんの?

「くっ、まだまだ手強《てごわ》いわね……! でもいつか、必ず攻略してみせるわっ!」

凛夏、お前もお前で、なんでそんな美悠羽にこだわってんの? 可愛いもの好き?

ともかく俺たちは電車に乗り、会場に向かうのだった。


話に聞いていたとおり、ちょっとした美術館のような施設が貸し切られ、何人もの人々が入口に吸い込まれていく。一般の見物人も無料で受け入れているようで、入場の手続きなどはない。

入口から順に、初期の受賞者の作品から展示されている。さすがにハイレベルだ。絵画などは凄《すご》さがわかりやすいが、陶芸や、何かよくわからない抽象的な置物もある。

奥に向かうにつれ、新しい時代の作品となる。写真や映像作品、またコンピュータグラフィックス、アニメーションなどもあって、現代的な作品でも合格の対象になるのだなと感心させられた。

そしてついに、最奥《さいおう》、今年の合格作品の展示場所へと来た。

そこにはすでに、あのピンク髪の少女が立っていたのだった。

彼女もこちらに気づく。

「あっ♡　先輩だ〜♡」

「レーニャ……」

彼女の勝ち誇った姿で、一目で直感させられる。

合格したのだ。

「見てくださいよ♡　これが僕ちゃんの作品——今年の絵画枠の、合格作品です♡」

ぞっとするような、おぞましい絵だった。

構図としてはパブロ・ピカソの『ゲルニカ』に近い。馬、牛、人間など、複数種の命が戦争の被害でバラバラになっている傑作。ドイツ軍によるスペインはゲルニカ爆撃の惨劇の図。写実性よりも抽象的な表現で描かれ、二十世紀を代表する絵画の一つとされている。

その登場人物が子どもたちになっている。

バラバラになった子ども、子どもの死体を抱いた子ども、子どもを殺す子ども……。

大人は一人として描かれていない。子どもたち同士で殺し合い、子どもたち同士で嘆き、泣き叫び、助けを求めている、あるいは憎悪《ぞうお》を向けている。

すべての子どもたちの視線は、カメラ目線、すなわちこの作品を見る人間へと向けられている。

逃げるな、そう訴えかけてくるような視線だった。この絵を見たら、もうお前は逃げられない、この現実と向き合え、この未来と向き合え、一度見たらもう逃げられないぞ、さあ、お前はどうする――。

タイトルは『あなたの選択』。

構図こそ『ゲルニカ』に近くとも、作風としてはフランシスコ・デ・ゴヤの『我が子を食《く》らうサトゥルヌス』を彷彿《ほうふつ》させる。

あまりにむごたらしく、おどろおどろしい、ダークな作品だ。

あの出世作『名無し』から二年、残酷系シリアス系に傾倒した貝塚レーニャの集大成か。『名無し』はまだ漫画や二次元イラストのような、エンタメ的な味が残っていたが、今作では芸術性に全振りだ。芸術家の行き着く先は抽象表現であり、なるほど美術作品としては申し分ない。ストーリー性に関しても、強烈な躍動感と命の輝きによって物語性が担保されている。

すでにプロ絵師として高い評価を得ているレーニャだからこその、〝さらに一歩先へ《プルス・ウルトラ》〟だ。

特待生に値するというのも論を俟《ま》たないだろう。文筆家を目指す俺もこの作品を言葉で伝えきれる自信はない。

だが……。

俺は吐き気を感じて、口元を押さえた。俺だけじゃない。何人もが蒼《あお》い顔をし、トイレに駆けていく人すらいた。それほどに凄《すさ》まじい破壊力を持った作品だった。

これは傑作ではない。

怪作だ。悪魔の絵だ。こんな陰惨な地獄絵図を、齢《よわい》十五の小娘が描いたというのか。

「怖いわ……」

美礼が俺の服の裾を握ってくる。俺だってかつてない恐怖を感じていた。

世界的にもニュースになるようなレベルではないのか。圧倒的な狂気。信じられない病的ぶりだが、人の心を抉《えぐ》り、目を逸《そ》らさせない〝魔力〟が籠もっているのもまた確かだ。

芸術には感情の爆発が必要だとは言うが、暴走——その言葉が脳裏をよぎる。何一つ救いがなく、暗いメッセージ性ばかりが強烈に主張されている。

そう、この作品には〝絶望〟と〝孤独〟だけが横たわっている。

誰もが唖然《あぜん》とする、その視線の中心。

絵の傍《かたわ》らにいるレーニャは、場違いなほどに誇らしげだ。

「ふふーん♡　凡人どもがようやく気づいたようですね♡　僕ちゃんのこの、才能の真の輝きに♡」

明るい調子で言うのが、ヒドく現実味を欠いている。

才能の輝きが凄まじいことは認めるが、それは昏《くら》い、闇の光だ。天才だとか、神童だとかは、もはやレーニャには相応《ふさわ》しくない。鬼才で、怪童。——悪魔の子だ。

レーニャは自分の胸元に手を当て、宣誓するように言う。

「これは始まりに過ぎません♡　ステップの一つです♡　僕ちゃんはこれからも暗い絵や話を描いていってやる♡　世の中に不幸を撒《ま》き散らしてやる♡」

俺はレーニャに危うさを感じていたが、それはレーニャの自虐や自傷行為といった個人的なことには留《とど》まらないようだ。彼女は世の中すべてを恨み、呪い、破滅を求める。死なばもろとも——それも上等な、面倒臭いラスボスみたいなことを言っている。

「それをどう受け止めるのかはお客さん次第♡　楽しんでいってくださいね〜♡」

レーニャは芝居がかった所作でお辞儀をし、勝ち逃げするようにスキップを踏んで去ろうとする。

遠くに行ってしまう――。そんな気がした。今回の絵画『あなたの選択』を機に、レーニャは別次元へと旅立ってしまう。誰にも理解できない存在になり、真に孤独な存在となってしまう。そうしたらもう、きっと誰もレーニャを救えなくなってしまう。

――『レーニャを救ってやれや。――ウチを、助けてくれたときみたいに』

千里《せんり》との約束が果たせない。

やはり俺たちでは力不足だったのか。霜村家の家族の絆《きずな》が、たった一人のレーニャの孤独に敗北したのか……。悔しさに拳を握りしめる。

だが、彼女を引き留める声が掛かった。

「待ってレーニャちゃん」

「……理事長？」

そう、絵画の裏手から回り込んできたのは、貝塚ひより。レーニャが暮らす児童養護施設の長であり、今回の試験を監督した一人でもある。

レーニャは振り向いた。

「なんですか♡　合格のお祝いでもしてくれるんですかぁ♡」

「ええ、それはもちろん、学園に帰ったらやりましょう。でも、あなたは一つ見落としているのよ」

「……見落とし？　僕ちゃんが？」

訝《いぶか》しむレーニャ。しかしそれは彼女の落ち度ではないらしい。

「仕掛けがわかりにくかったかな。わたし、ドジで間抜けだから」

理事長はそう言って、他の運営者に頷《うなず》きかける。するとその男性はレーニャの絵をぐるっと回転させた。まるで表裏一体の何かがあるように。

そう、裏側には――。

「じつはもう一つ、合格作品があるのよ」

あっと声が上がる。周囲の人々が、また違った意味で口元を押さえ、驚いていた。

しかし俺は驚かない。むしろほっとしていた。そういうことだったのかと。

裏側にあった作品の制作者名には『霜村美悠羽』の名前がある。そう、美悠羽も合格していたのだ。事前情報にあった絵画枠は一人だけというのは撤回され、今年は対照的な二つの作品、二人の合格者が出たのだった。

その絵を見てレーニャは絶句し、棒立ちで硬直した。

唖然として、瞬《まばた》き一つしない双眸《そうぼう》。しかしそこから、大粒の涙がほろりとこぼれ落ちた。

「あ……あれ？」

誰より、レーニャ自身が驚いている。

「あれ、どうして……こんなの……うそ……」

拭っても拭っても、目元からはボロボロと涙が溢《あふ》れている。

「何もおかしいことはないだろ」

号泣するレーニャの隣に立ち、その絵を眺めながら、俺は言う。

「一枚の絵にはそれだけの力があるんだ。人の心を動かす絵が描けるのは、何もお前だけじゃない——うちの妹だって、天才なんだぜ？」

さらに美悠羽が隣に来て、こう言ってくる。

「いいえ——、この絵が描けたのは、わたしだけの力ではありません。母様と……そして兄様。わたしたち霜村家の、勝利です」

そうだな。以前、俺だけの力では千里に勝てなかったように、美悠羽もまた、家族の力を結集することでさらなる高みに到達できたのだ。

レーニャの作品が悪魔の絵なら、こちらは愛の天使ガブリエールの祝福。

レーニャの作品が迫りくる悪夢なら、美悠羽の作品は少女の夢。

そう、美悠羽が描いたのは——

——お嫁さんになりたい。

その昔、将来の夢を聞かれたときと、同じ回答だった。

結婚式で指輪交換する新郎新婦の絵。

純白の衣装に、明るく差し込む日の光。

多くを語る必要はない。幸せそうな男女の表情がすべてを物語っていた。

タイトルは『赤い糸』。

「こいつは未来への希望だ」

俺がチラリと凛夏を見てしまうように、きっとレーニャも、心のどこかで思い描いたことがあるはずだ。

「絶望でもなく孤独でもなく、お前が本当に欲しがっていたものは、これなんだろ？」

俺たち霜村家が、力を合わせて描ききった傑作。

自信を持って、胸を張って言える、これが俺たちだって。

そしてきっと、いや間違いなく、レーニャも求めていたものだと。

「ちっ、ちがい、ますよ……！　こんなっ、こんなもの……！　僕ちゃんは求めてなんか……！」

レーニャは言葉ではそう言うが、しかし溢れ出る涙は誤魔化しようがない。

そう、最初から、レーニャは誰よりも、家族の絆を求めていたはずだった。

「だってお前、施設のみんなのこと、大好きなんだろ?」

「ちがう……！　ちがう、ちがう、ちがう……！　あんなの、みんな、嘘《うそ》だから！　本物なんかじゃなくて……！」

「その言い方がもう、本物だったらいいのに、って言ってるようなもんだけどさ」

本気で嘘だって思っているなら、下の子の面倒を見たりはしないだろう。クリエイターとしての賞金や印税だって、施設に寄付したりもしないはずだ。

「お前は今でも、施設のみんなを家族だって思ってるし、そう信じているんだ。少しは疑ったこともあるかもしれない。ツラい現実に、押しつぶされそうになったこともあるかもしれない。だけどさ、認めろよ——お前は誰より家族を大切にする、いいやつだ。どれだけ憎まれ口を叩《たた》こうともな」

「ちがっ……！　僕ちゃんは……！」

レーニャは口をぱくぱくさせるが、もはや言葉も出てこない。ずっと抱え込んでいた想《おも》いの分だけ、大粒の涙がこぼれ落ちていく。

「……なあ、レーニャ。お前、自分の名前の意味を、調べてみたことはあるか?」

娘を捨てた親は、なぜレーニャという名前だけは残したのか。

レーニャは感極まって、もう言葉も出てこないようだが、頷きはしていた。やはりレーニャも調べたことはあるのだ。

「なら、見つけたはずだ。レーニャって言葉の語源には、『再生』や『生まれ変わり』を意味する『レナトゥス』ってもんがある」

俺も気になって調べたのだ。意外なもので驚いた。

「『再生』や『生まれ変わり』なんて、ネガティブな意味なわけねえよな。きっとそこには、自分たちにはできなかったことを、子どもには叶《かな》えてほしいって意味が込められてるはずなんだ」

きっとレーニャ自身、それに気づいている。

親にも事情があったのだ。育てたくても、育てられなかった。だから貝塚学園という、あんなにも笑顔が溢れる児童養護施設に預けられた。偶然なわけがない。ここなら幸せに暮らしていけると、そう願われて。きっとレーニャの、幸福を願って——。

だけどレーニャはすぐには認められなかった。捨て子という事実が重すぎて、親の想いまでは受け止められなかったのだ。こんな名前だけを押しつけるなんて、無責任だと。

だけど、今なら。

俺たち霜村家の傑作『赤い糸』を、その目に焼き付けた今なら、きっとこの言葉が届くはずだ。

「親がお前に残した名前は、きっと、未来への希望だよ」

「うぅ……あぁ……！」

レーニャはさらにむせび泣く。記憶にない、想像するしかない両親の姿。だけど残された痕跡からは、確かな愛情が伝わってくるはずだった。

「レーニャちゃん……！」

美礼が堪《たま》らず抱きすくめる。

母親のぬくもり。母親の柔らかさ。

レーニャの求めていたもの。レーニャが決して得られなかったもの。

だけど──。

「きっとあなたは、素敵な母親になれるわ。だって誰よりも、優しいんだもの」

これから、愛する人に、与えることはできる。

それがきっと、親と、子の、本当の願いだ。

エピローグ（※後戯）

少しずつ空気が冷えてきて、急に空が高くなったように感じられる十月上旬。

俺の学校では運動会という一大イベントも終わり、そろそろ中間テストに向かって準備していかなきゃなと、そう思わされる今日この頃の放課後。

正門で俺は凜夏《りんか》と待ち合わせた。

「今回は活躍したわよね⁉」

「……いきなりなんの話だ？」

相変わらずぶっ飛んでんなー、こいつ。

そう言えば、二週間前の合格発表会のあとも、凜夏はよくわからない理由で不満そうにしていた。美悠羽《みゆは》の絵『赤い糸』についてだが、新郎が俺に似ているのはいいが、新婦が美悠羽に似ていたことが気になるらしい。「そこあたしのポジションじゃない⁉」と謎発言していた。

……ん？　待てよ、それって。

「凜夏、そういえばあのときの絵で、新婦のモデルは自分が良かったって言ってたのは、ひょっとして……」

凜夏が俺と結婚したいって意味⁉

「か、勘違いしないでよね！　ラブコメ取材としては、あそこであたしが新婦になってるのが一番収まりが良かったってだけなんだから！　あ、あたしがあんたと、その、けっ、結婚するのが夢とか、そんな意味じゃないんだから！」

……そっか、そうだよな。凜夏もラブコメ取材にはかなり熱を入れていたようだったから、他者からしたらちょっと変なことも口走ってしまうこともあるか。

でも俺としても、新婦は凜夏だったら嬉《うれ》しいんだけどな。

いつか実現できるよう、俺も頑張らないと。

そんな俺たちだったが、今日は一緒に帰る。俺は自転車を押しながら、凜夏は徒歩だ。

初めて放課後デートしたのは三ヶ月前だったか。あれからいろいろあったから、もっとずっと昔だったような気がする。

「次回作の調子はどうだ、凜夏」

「うん、おかげさまでいいものになりそう。初めての現代ラブコメだったから担当編集もちょっと不安だったみたいなんだけど、初稿送ったらめちゃくちゃ喜んでたし」

「さすがだな」

周囲に変人ばかりいるから影が薄くなりがちだが、凛夏も充分、天才作家なんだ。俺はすっかり置いてかれちまってるが、諦めねえよ。いつか実力で肩を並べてやるさ。

「ちなみに、お前の次回作のあらすじって聞いたっけ？　教えられてないような」

「そっ、それはっ！　……クラスの男子に初恋した少女の話で……一緒に作家目指して……協力して取材しながら、どんどん仲良くなっていって……中盤には、き、キスしたりとか……っ！」

「聞こえねえよ。なんだって？」

「なっ、なんでもないわよっ！」

いきなりキレるよな、こいつ。

まあいいか。刊行されるのを楽しみにしとこう。

「それにしても、じゃあお前とのラブコメ取材はもういいのか」

「まっ、まだまだよ！　今度のはシリーズものにするってことで話が進んでるんだから！……もちろん売上が出ることが前提なんだけど」

「そっか。なら、お前とのラブコメ取材は続きそうなんだな」

「……うん、そゆことだから」

凛夏は少し、しおらしくなる。普段がうるさいやつだから、急にこうなると凄《すご》く可愛《かわい》く見えるんだよな。本人は意識してるわけじゃなさそうだけど。

俺は校舎から充分に遠ざかったことを確認し、自転車に跨《また》がる。ここからなら先生に見つかることもないだろう。

「後ろに乗れよ、凛夏。二人乗りでいこう」

「えっ、いいの？」

「ああ、青春っぽいだろ」

俺は照れを隠すようにして、頬を掻《か》いた。

「お前の彼氏役、まだまだ手伝ってやるよ」

凛夏は「〜〜〜っ！」と俯《うつむ》いて身震いしている。顔は伏せていて見えないが、耳が真っ赤だ。だからそういう恥ずいの、いつまでやるんだよ！　ちょっとは慣れてくれよ！

俺までめちゃくちゃ恥ずかしくなっちまうだろ！

「じゃ、じゃあ、失礼するわね」

「おう」

「でも勘違いしないでよね！　あくまでも取材のためなんだから！」

「わかってるよ!?」

うぅ、緊張するなぁ、と凜夏が後ろでぼそぼそ言いながら、足を揃《そろ》えた横座りで荷台に腰かけ、俺の服の袖をきゅっと摑《つか》んでくる。

なんかもう、それだけでいろいろヤバかった。マジヤバい。どのくらいヤバいかって言うとスゲーヤバい。ヤバいがゲシュタルト崩壊するくらい超ヤバい。

「じゃあ、いくぞ」

「うん……」

俺は二人分のバランスを取りながら、強くペダルを踏み込んだ。

後ろには大切な人が乗っている。俺はいつもとは違って低速で、安全第一で自転車を漕《こ》いでいく。

秋口の涼しい風が、優しく頰を撫《な》でた。

こいつとのラブコメ取材が、ずっと続けばいいなと、そう思った。

◇　◇　◇

今日は、凜夏をうちに招待してディナーを振る舞う日だった。この前の特待生枠を懸けた戦いで凜夏も協力してくれたし、そのお礼も兼ねた祝勝会でもある。

霜村《しもむら》邸の玄関を開けると、香ばしい匂いが漂ってきた。

「いらっしゃい、凛夏ちゃん」

「お、お母様、お邪魔します……！」

緊張しながら玄関から上がる凛夏。それを温かく迎え入れる美礼《みれい》。二人は少しずつ仲良くなっているようだ。

ちなみに種付けプレスの新作『日本神話も笑えない』は母娘丼《おやこ》もので、先日に無事刊行された。いやコンプラ的にアウトだと思うんだけど、ラストは親子三人の結婚式が挙げられるという謎作品になったことが、また話題を呼んでいる。

いくつかレビューを拾ってみると……。

──『妹と長男の近親相姦《そうかん》に、母親まで参加してくるのめっちゃいい！』

──『両手に花でも満足させる絶倫主人公、マジ憧れるわ』

──『最後に家族三人の結婚式が挙げられるところ、ホント泣かされた！』

──『尊い。ヌかずんば、いわんをや』

な？　ヒデぇだろ？　とくに最後の古文っぽいのとか間違ってるし意味不明だからな。

ともかく狂信的なファンを獲得しながらも、種付け旋風はさらに勢いを増しているようだった。

俺は死にたい。学校でも散々絡《から》まれている。クラスメイトとか風紀委員のあいつとか新聞部ちゃんとか校長とか生徒会長とかさ。文芸部の部長やれとも言われているが興味はない。

玄関を進んでリビングにいくと、そこにうちの妹がいた。

凜夏がより一層緊張して、

「み、美悠羽ちゃん、こんにちは……！」

「…………はい、よく来てくれましたね、凜夏さん」

「やった！　初めて名前で呼んでくれた！」

「もの凄いタメが入ったけど、いいのか？」

二人のあいだに何が横たわっているのかは不明だが、わだかまりのようなものは、どうやら徐々に解けていっているようだ。

一同はテーブルを囲む。昨晩から下ごしらえが済まされていた料理の数々が、すでにそこに並べられていた。

今日の司会は美悠羽だ。

「皆さん、遅くなりましたが、このあいだの一件では大変お世話になりました。もはや感謝の言葉もありません。母様、凜夏さん、そして——兄様」

「いいよ、そういう堅苦しいのは。それに、俺のほうこそ感謝したいくらいだ」

俺も作家として、今回の件で成長を実感していた。

以前は脳内でキャラたちが自由に動き回るだけだったが、イラストを意識したことで〝キレ〟のあるシーンが描けるようになったのだ。

それに美悠羽のために描いた短編をウェブに上げてみたところ反響が凄《すさ》まじく、初めて日刊週刊月刊で一位を獲得した。長編化を望む声も多いが、俺は現在、バトルアクションものに挑戦中だ。こちらも、これまでにない手応えを感じていたし、日夜コメントやPV数が増えている。

「今日の料理は、わたしの手作りです。皆さんのお口に合うと良《い》いですが」

美悠羽は控えめにそう言うが、今日のために料理の本を読み込み、挑戦をくり返していたことを俺は知っている。うちの妹は本当に、負けず嫌いで、意地っ張りで、完璧主義者なんだ。

「それでは、皆さん手を合わせて、いただきます――といきたいところですが」

ん!? 待ったをかけられ、意表を突かれたが。

次の瞬間、さらに思わぬ事態が起こった。

「はい、レーニャ様とうじょ～♡　僕ちゃんに会いたかったか、このろくでなしども♡」

「えっ、おまっ、なんで⁉」

物陰から飛び出してきた少女に、俺たちは驚く。

特徴的なピンク髪、大迫力の爆乳な一方、スタイルは幼児体型。そして一度聞いたら二度と忘れられない、挑発的で扇情的なセリフの数々。

貝塚《かいづか》レーニャ。なぜここに⁉

「わたしが呼びました。じつは最近連絡を取り合っており、同じ特待生枠を獲得した者同士、互いに高め合っていこうということで」

そうか。ライバルとは、好敵手ともいう。タイプの違う二人だからこそ、学べるものも多いのだろう。

レーニャと会うのは、俺は合格発表以来だったが、なんとなく、彼女は少し大人びてきたような印象も受けた。きっと美悠羽の絵が、レーニャに少なくない影響を与えたのだろう。見下していた相手に一矢《いっし》報いられ、レーニャもうちの妹を認めたに違いない。

だが、

「よろしくしやがれ♡　くそ童貞♡」

三日月形に歪《ゆが》んだ双眸《そうぼう》、チェシャ猫みたいなニヤニヤ顔……そういうところは変わらねえ。

ちなみに『レーニャ』の語源にはもう一つ、女王を意味する『レジーナ』から来たという説もあるんだが……まさかそっちじゃねえよな？

俺は頭を抱えるが、

「あらぁ、レーニャちゃんよく来たわね♪」

「ママぁ、好きぃ♡」

レーニャは幼女のように美礼に抱きつき、美礼も美礼で『いい子いい子』と撫でている。

なんでお前らだけそんな、全然違うんだよ。

「あ、あたしの霜村家デビューが……」

凛夏が何やら懊悩《おうのう》しているのは、何なんだ？

……まったく、誰も彼も好き勝手にやってて騒がしい限りだが。

「美悠羽」

「ええ、わかっていますよ」

そしてうちの妹は、ゆっくりと、お上品に、手を合わせた。

「それでは皆さん、いただきます——」

いただきます、と俺たちは声を合わせて、団らんの時間を始めるのだった。

わいわい楽しく食事が進んでいったが……。

やがて、美礼と美悠羽が、ふわふわした感じになり、顔を赤くしていった。「ひっく！」としゃっくりまでくり返している。どうした？

「ハルくん、しゅきしゅき～♡」

いつも以上に幼児退行する母。俺に抱きついてきて、頬をすりすり擦《こす》りつけてくる。

逆側からは、俺の服をぐいぐい引っ張ってきて、

「兄様はいつも優しすぎましゅ。誰にでも優しすぎでしゅ。わかってるんでしゅか。ひっく」

ウザ絡みしてくる妹。

「鬱陶しいなこいつら!? 何なんだよ!?」

酔っ払った感じに見える。酒は出ていないはずだが……。

そうか、料理酒のアルコールが飛ばし切れてなかったのか。今回の料理人は美悠羽だが、普段から台所に立ってるやつじゃないからな。

そう言えば俺も少し気分がふわふわしてきた。他のみんなは？

「あ、あたしも、酔っ払っちゃった～。わー、霜村～」

「お前はどう見てもしらふだろうが凜夏⁉　演技が棒すぎるんだよ⁉」

しなだれかかってくるか来ないか、凜夏自身も迷っているような中途半端《ちゅうとはんぱ》さは、どう見ても理性が残っている。

いずれにせよ三人の女どもに絡まれ、まったく、文字通り姦《かしま》しい限りだ。

この状況でレーニャにまで絡まれたら堪《たま》らない。そう思ってチラリと彼女のほうを見てみるが、しかし意外にも、レーニャは少し離れたところで優しく微笑《ほほえ》んでいた。これまでにない、柔らかく、素直な笑みだった。

「……ありがとうございます、先輩。おかげで少しは前向きになれたって思います。あのウェブ小説も凄《すご》い良くて……結婚、かぁ……先輩が僕ちゃんの新しい『血の繋《つな》がっていない家族』になってくれたら……」

「ん？　聞こえねえぞ、レーニャ？　なんて？」

まるで凜夏みたいに独り言を呟《つぶや》いていたレーニャだったが、次の瞬間にはまたニヤニヤとした笑みに変わっていた。

「……はぁ？　なんも言ってねーし♡」

くそ、憎たらしい顔しやがって！

「つか先輩さぁ♡　この前、『俺が血の繋がっていない家族を教えてやる』って言ったよねぇ♡　それで、♡結婚式♡の絵を見せてきたのは、あれ、どういう意味なんですか～♡」

いや、どういう意味って言われても。

しかし俺が答えようとしたところ、凛夏が慌てて横槍《よこやり》を入れてきた。

「な、なんの意味もないわよ！　それに、こいつと付き合ってるのはあたしなんだから！　勘違いしないでよね！」

とめちゃくちゃなことを言っている。

「えっ⁉　俺とお前って付き合ってたの⁉」

ま、まあ正直、結構手応えを感じてたっていうか、じつはこいつ俺のこと好きなんじゃね？　ってのは前々から思ってたけども！

「あっ！　ばっ、違うわよ霜村！」

凛夏は赤面して、焦《あせ》って否定してくる。

「勘違いしないでよね！　ラブコメ取材の話よ！　あんたの彼氏役は、あたしが予約を入れてるんだから！　そのこと忘れちゃダメよ！」

「お、おう……そうだよな」

やっぱり俺の思い過ごしだったのかな、ひょっとしたら俺たちって両思いなんじゃ……

っていうのは。

しかし今はじっくり考える暇もなかった。

「ハルくーん、いい子いい子してぇ、いい子いい子ぉ」

と幼児退行して息子に絡む母。

「ラブコメ取材って何《なん》れしゅか。兄様はいつもそうやって女の子とイチャイチャして。許せましぇん」

とすねた様子の酔っ払い妹。

「ああもぉ、しょうがねえなぁ～っ！」

でもまあ、こうやってしち面倒くさいのが、霜村ファミリーって気がするんだけどよ。

そんな俺たちに、レーニャは苦笑を向けてくる。

彼女の知らない、血の繋がった家族の姿。けれどそれを眺めるレーニャの様子は、憑《つ》き物が落ちたような、清々《すがすが》しさがあった。

そしてレーニャはスケッチブックを手に、何かを描き始めた。俺たちをチラチラ見ながらだから、きっとタイトルは『霜村家』ってところだろう。

その絵は以前のような、ダークな作風ではあり得ない。

きっと明るくて、楽しげな、幸せな家族の絵に仕上がるはずだ。

願わくば、それがレーニャの、未来の姿と重なりますように――。

……そこへ。


「突撃！　作家の家族ナマ配信～～‼」

種付けプレスの担当編集・花垣《はながき》カモメが、マイク片手に、カメラマンも引き連れて、霜村家に突入してきた。

「ええっ⁉　花垣さん⁉　なんで⁉」

俺は愕然《がくぜん》とさせられる。作家の家族ナマ配信⁉　そう言えば三ヶ月前の美少女作品アワードの会場で、出演者を求めて奔走している様子だったが。

「うちはそれ、拒否したはずですよね⁉」

間違いない。断固として拒否した。拒否しない理由がない。

しかし。

「何を言ってるんですか、種付け先生？　あとでメールでオーケー出したじゃないですか？　今日のこの時間帯って話もちゃんとお伝えしましたよね？」

そんなバカな、と思うが、花垣はきょとんとしている。確かに『種付けプレス』から許可を得たのだろう。

しかし俺ではない。ということは——。うっかり忘れていたに違いない。俺もメール美礼を見る。この母親が勝手にOKして、うっかり忘れていたに違いない。俺もメールの確認不足だったのは反省すべきだが。

「母さん、あんたなぁ！」

「ハルくんしゅきしゅき～♡」

「兄様、兄様……♡」

母と妹、二人から押し倒され、頬をすりすりされる兄……。

「いかがですか全国の皆さん！　これが近親相姦《そうかん》エロラノベの旗手、種付けプレス先生の家族です！　これが日常です！」

「待てっ！　やめろっ！　カメラで撮るなぁ！」

俺の悲鳴は決して聞き入れられることはなかった。花垣は嬉々《きき》としてレポートし、カメラマンも遠慮せずガン写しだ。

全国に顔出しナマ配信なんて、絶対やめさせたいのに！

「これは誤解で！　何かの間違いで！」

中学生の美悠羽がいるため、妹や母の惨状は酔っ払っているせいだとは弁明できない。

「凜夏、助けて！」

「あ、あたし顔出しＮＧなんで……」

そろりとフェードアウトする凜夏。てめこの裏切り者がぁ！

「レーニャは？」

「……（ニヤニヤ♡）」

「楽しそうにしやがってぇ！」

誰も助けてくれない。終わりだ。

きっと今ごろ、ネット上ではこんなふうなコメントが飛び交っているだろう。

──『ガチ近親相姦ヤベぇぇぇっ！』

──『さすが種付けプレス！　母娘《おやこ》丼はノンフィクション！』

──『特定完了。種付けプレスの本名は……』

やはり、俺の人生は詰んでいた。

了

あとがき

日本で近親相姦《そうかん》は『合法』だそうです。

マジで？　マジらしいです。僕もつい最近まで、違法なのだと誤解していました。

今回はそんな衝撃的な事実とともに、あとがきを書いていこうと思います。

　さて本作「母親《ははおや》がエロラノベ大賞受賞《たいしょうじゅしょう》して人生詰《じんせいつ》んだ2　せめて息子《むすこ》のラブコメに妹《いもうと》までまぜないでください」はいかがだったでしょうか。

まだ本編を読まれていない方は、担当編集からNGを食《く》らった最初のサブタイが「せめて母娘《おやこ》丼はやめてください」だったことからお察しいただけるかと思います。

そう、今回は妹・美悠羽《みゆは》の掘り下げ回です。米白粕《こめしろかす》先生のキャラデザが素晴らしすぎたこともあり、読者の皆様から「二巻は妹ちゃんで頼む！」「美悠羽をもっと出せ！」という声が数多く届けられました。僕としても最初からそのつもりで、担当編集様も気に入ってくれているキャラかな？　なので、誰もが望んだ美悠羽回となりました。イエイっ！

ちなみに一巻の初稿（第33回ファンタジア大賞投稿時）では、じつはプロットから大きく外れてしまって美悠羽のシーンは九割カットでした。ただの「お嬢様系妹キャラ」としか描かれていなかった彼女に、こうして脚光を浴びせられる日が来たことは、大変感慨深いです。一巻に関わっていただいた方々、また一巻をご購入いただいた読者の皆様に、改めてお礼申し上げます。皆様がいなければこの二巻はありませんでした。

そして今回も、たくさんの方々にお世話になりました。

担当編集様には、プロットの段階から貴重なアイデアをいただきました。メールでも毎回言ってますが、いつもご丁寧にありがとうございます。ずっと僕の担当でいてください。

イラストレーター米白粕先生。今回も神でした。新ヒロインのキャラデザもご提案の段階から素晴らしすぎて、僕は幸せすぎて泣けてきます。ありがとうございます。

校正、デザイン、流通、販売、本作が世に出るまでに関わっていただいたすべての方々に、厚くお礼申し上げます。

何より本書を手に取っていただいた読者の皆様に、最大の感謝を。

あとがきを先に読む派で、まだ迷っている方。後悔はさせません。「母エロください！」とレジで言ってみてください。その瞬間からあなたは勇者です。

さて冒頭の、日本で近親相姦が合法である件について。余談になりますが、触れてみましょう。カバー裏の著者プロフでも書いたように、僕も気になってちょっと調べたのです。少なくとも刑法では罰せられません（だいたいフランス人のせい）。公序良俗には反しますが、例えば春馬《はるま》と美悠羽は、互いに十三歳以上のため合意があればセッ○スしても合法らしいです。ただし美礼《みれい》ママが春馬に手を出すのは、春馬が十八歳未満のため児童福祉法などに引っかかり、合意があってもダメみたいです。（フランスでは最近、同意年齢が十五歳以上、近親相姦の場合は十八歳以上に。著者プロフのニュースとはこれのこと）
近親相姦が認められるのは世界でも少数派で、中東では死刑になる国もあるそうです。日本で近親相姦が違法だと勘違いされている原因は、これまでの慣習と、たぶん民法上の「血の繋《つな》がった兄妹《きょうだい》は結婚できない」が拡大解釈されているためでしょうか。
そう、春馬と美悠羽は結婚できません。ただし、事実婚は可能です。こういう、法的には認められないけれど美しいカップルの形は、近年話題になっていますね。LGBTとか。同性婚とか。いつか近親婚も、社会的に認められる日が来るのでしょうか。
まだ見ぬ未来を想像しながら、筆を置こうと思います。

真夏日を記録した春の日に　夏色青空《なついろあおぞら》

お便りはこちらまで

〒一〇二-八一七七
ファンタジア文庫編集部気付
夏色青空（様）宛
米白粕（様）宛

富士見ファンタジア文庫

母親《ははおや》がエロラノベ大賞受賞《たいしょうじゅしょう》して人生詰《じんせいつ》んだ2
せめて息子《むすこ》のラブコメに妹《いもうと》までまぜないでください
令和３年６月20日　初版発行

著者――夏色青空《なついろあおぞら》

発行者――青柳昌行
発　行――株式会社KADOKAWA
〒102-8177
東京都千代田区富士見2-13-3
0570-002-301（ナビダイヤル）
印刷所――株式会社暁印刷
製本所――株式会社ビルディング・ブックセンター

※定価はカバーに表示してあります。
●お問い合わせ
https://www.kadokawa.co.jp/（「お問い合わせ」へお進みください）
※内容によっては、お答えできない場合があります。
※サポートは日本国内のみとさせていただきます。
※Japanese text only

ISBN978-4-04-074185-7 C0193 ◇◇◇

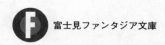

学校……じろじろ見ないで
【朗報】
俺の許嫁になった地味子、
家では可愛いしかない。
秘密の結婚生活《ラブコメ》！

ファンタジア文庫
甘えていい？
家
著者：氷高悠
イラスト：たん旦
親同士の約束で俺に嫁（３次元）ができた!?
相手は地味で目立たない同級生・綿苗結花。
「最近の推しは誰ですか!?」「遊くん…って呼んでもいい？」
趣味もピッタリ、意気投合。
しかも、慣れたら学校では想像できないほど大胆に！
彼女の素顔と、２人だけの生活は可愛さしかない!?
クラスのあの子と

ファンタジア文庫
Sister
しかも客は「妹になれば、真島が可愛がってくれるんだよね？」
美少女同級生の初葉!?ぐいぐい甘える彼女の距離は近すぎて――
美少女
バイト
お兄ち
妹になったら…
今すぐ好きになってくれるよねー!
!!